세 마리 토끼 잡는 독서 논술

P5

유아~초1

저자: 지에밥 창작연구소_

‘지에밥’은 ‘찐 밥’이라는 뜻을 가진 순우리말로, 감주 · 막걸리 · 인절미 등 각종 음식의 재료를 뜻합니다.
‘지에밥 창작연구소’는 차지고 윤기 나는 밥을 짓는 어머니의 정성처럼 좋은 내용으로 세상 모든 사람들에게 넉넉하게 쓰일 수 있는 지혜를 선물하고 싶습니다.

이 책을 쓴 지에밥 연구원들_

강영주(지에밥 창작연구소 소장, 빨간펜 논술, 기탄 국어 등 기획 개발), 김경선(동화작가 및 기획 편집자), 김혜란(동화작가, 아동문학가협회 회원), 왕입분(동화작가 및 기획 편집자), 우현옥(동화작가), 이현정(동화작가), 이혜수(기획 편집자), 이현정(동화작가 및 기획 편집자), 정성란(동화작가), 조은정(동화작가 및 기획 편집자), 최성옥(기획 편집자), 한현주(동화작가), 한화주(동화작가), 홍기운(동화작가 및 기획 편집자)

이 책을 감수한 선생님들_

권영민(서울대학교 국어국문학과 교수), 홍준의(서원대학교 과학교육과 교수), 김병구(숙명여자대학교 의사소통센터 교수), 문영진(전북대학교 국어교육과 교수), 조현일(원광대학교 국어교육과 교수), 김건우(대전대학교 국어국문학과 교수), 유호종(서울대학교 철학박사), 구자송(상암고등학교 국어 교사), 김영근(서울과학고등학교 국어 교사), 최영환(여의도고등학교 국어 교사), 구자관(한성과학고등학교 국어 교사), 윤성원(한성과학고등학교 국어 교사), 장원영(세화고등학교 역사 교사), 박영희(대왕중학교 과학 교사), 심선희(서울고등학교 과학 교사), 한문정(숙명여자고등학교 과학 교사)

세 마리 토끼 잡는 독서 논술 P5권

펴낸날 2023년 3월 15일 개정판 제11쇄
지은이 지에밥 창작연구소 | **연구원** 김지연, 조은정, 이자원, 차혜원, 박수희 | **펴낸이** 주민홍 | **펴낸곳** ㈜NE능률 | **디자인** framewalk | **삽화** 김석류(표지, 캐릭터) | **영업** 한기영, 이경구, 박인규, 정철교, 하진수, 김남준, 이우현 | **마케팅** 박혜선, 남경진, 이지원, 김여진 | **주소** 서울특별시 마포구 월드컵북로 396(상암동) 누리꿈스퀘어 비즈니스타워 10층(우편번호 03925) | **전화** (02)2014-7114 | **팩스** (02)3142-0356 | **홈페이지** www.nebooks.co.kr | **출판등록** 제1-68호
ISBN 979-11-253-3076-9 | 979-11-253-3110-0 (set)

펴낸날 2012년 3월 1일 1판 1쇄
기획 개발 지에밥 창작연구소 | **디자인 기획 진행** 고정선 | **디자인** 유정아, 박지인, 이가영, 김지희 | **삽화** 오유선, 안준석, 정현정, 윤은하, 김민석, 윤찬진, 정효빈, 김승민

제조년월 2023년 3월 **제조사명** ㈜NE능률 **제조국** 대한민국 **사용 연령** 유아~8세

〈세 마리 토끼 잡는 독서 논술〉을 펴내며

하루하루 성장하는 내 아이의 모습을 확인하길 바라며

프랑스의 유명한 정신 분석학자이자 철학자인 라캉은 인간이 성장한다는 것은 '상징계'에 편입되는 것이라고 말했습니다. 그가 말한 상징계란 '언어를 매개로 소통하는 체계'를 의미하는데, 우리가 살아가는 세상 혹은 사회가 바로 그것입니다. 결국 한 아이가 태어나서 정신적으로 성장하는 아동기에서 가장 중요한 것은 언어로 소통하는 능력을 키우는 일입니다. 〈세 마리 토끼 잡는 독서 논술〉은 이와 같은 점에 주목하여 기획하고 구성하였습니다.

첫째, 문자 언어를 비롯하여 그림, 도표 등 다양한 상징체계를 이해하는 과정을 통해 통합적인 언어 이해력을 키울 수 있도록 하였습니다.

둘째, 텍스트 이해력뿐만 아니라 추론 능력, 구성(표현) 능력, 비판적 사고 능력 등을 통합적으로 길러서 여러 가지 문제를 해결하는 데 실질적으로 도움이 될 수 있도록 하였습니다.

셋째, 초등 교육과정의 핵심 내용과 밀접하게 연계되도록 설계하였습니다.

부모님보다 더 훌륭한 스승은 없습니다. 〈세 마리 토끼 잡는 독서 논술〉은 부모님 이외의 다른 어떤 선생님도 필요 없습니다. 이 학습 프로그램을 통해서 하루하루 성장하는 내 아이의 모습을 확인하는 기쁨을 누리시길 바랍니다.

교재의 성격

세 마리 토끼 잡는 독서 논술이란?

어떤 책인가요?

하나의 주제와 관련된 다양한 글(동화, 시, 수필, 만화, 논설문, 설명문, 전기문 등)을 읽고 통합 교과적인 문제를 풀면서 감각적 언어 능력(작품의 이해와 감상)과 논리적 이해 능력(비문학의 구조, 추론, 적용 등), 국어 지식(어휘, 문법 등), 사회와 과학 내용 등을 통합적으로 익히는 독서 논술 프로그램 학습지입니다.

몇 단계, 몇 권인가요?

〈세 마리 토끼 잡는 독서 논술〉은 다음과 같이 총 5단계, 25권입니다.

단계	P단계	A단계	B단계	C단계	D단계
대상 학년	유아~초등 1년	초등 1년~2년	초등 2년~3년	초등 3년~4년	초등 5년~6년
권 수	5권	5권	5권	5권	5권

세 마리 토끼란?

'독서', '사고', '통합 교과'의 세 가지 영역을 말합니다. 즉, 한 권의 독서 논술 책으로 다양한 장르의 글을 읽을 수 있고, 논술 문제를 풀면서 사고력을 기를 수 있으며, 초등학교 주요 교과 내용과 연계된 문제를 풀면서 통합 교과 학습을 할 수 있습니다.

하루에 세 장씩 꾸준히 학습하면 세 마리 토끼를 잡을 수 있어요.

독서

* 각 단계에 맞게 초등학교의 주요 교과 내용을 주제로 정함.
* 각 권의 주제와 관련된 글을 언어, 사회, 과학 등으로 나누어 읽을 수 있음.

사고

* 언어, 사회, 과학 등과 관련된 다양한 장르의 글을 읽고 논술 문제를 풀면서 생각하는 능력과 생각하는 폭을 확장할 수 있음.

통합 교과

* 다양한 장르의 글을 읽고 초등학교 국어, 사회, 과학 등의 학습 내용과 관련된 문제를 풀면서 통합 교과 학습을 할 수 있음.

하루에 세 장씩 학습하면 한 권을 한 달에 끝낼 수 있어요.

세 마리 토끼 잡는 독서 논술 이런 점이 다릅니다

초등학교 교과 내용과 긴밀하게 연결되어 있습니다.

각 단계의 권별 내용과 문제는 그 단계에 맞는 학년의 주요 교과 내용과 긴밀하게 연결되어 교과 학습에 도움을 줍니다.

하나의 주제를 통합 교과적으로 접근합니다.

각 권마다 하나의 주제가 있고, 그 주제를 언어, 사회, 과학과 연결시켜서 사고를 확장할 수 있게 하였습니다. 그리고 여러 교과와 연계된 문제를 풀면서 통합 교과적인 사고를 할 수 있습니다.

다양한 서술·논술형 문제를 풀 수 있습니다.

매 페이지마다 통합 교과 논술 문제를 제시하여 생각하는 힘과 표현력을 키울 수 있는 것은 물론 학교 시험에서 강화되고 있는 서술 · 논술형 문제에 대비할 수 있습니다.

다양한 장르의 글을 접할 수 있습니다.

각 주제와 관련된 명작 동화, 창작 동화, 전래 동화, 설화, 설명문, 논설문, 수필, 시, 만화, 전기문 등 다양한 장르의 글을 읽으면서 각 장르의 특성을 체험하며 독서하는 습관을 기를 수 있습니다. 특히 현재 왕성하게 활동하고 있는 여러 동화 작가의 뛰어난 창작 동화가 20여 편 수록되어 있습니다.

수준 높은 그림을 많이 제시하여 흥미롭게 학습할 수 있습니다.

어린이들은 글과 그림이 조화를 이룬 책으로 공부할 때 학습 효과를 높일 수 있습니다. 또한 좋은 그림은 어린이들의 정서 발달에 도움을 줍니다. 이런 점을 생각하여 한 페이지를 넘길 때마다 수준 높은 그림을 제시하여 어린이들이 흥미롭게 학습할 수 있도록 하였습니다.

교재의 구성

세 마리 토끼 잡는 독서논술은 이렇게 구성되었습니다

독서 전 활동 생각 열기

★ 한 주의 학습을 시작하기 전에 주제와 관련된 사진이나 그림을 보고, 앞으로 학습할 내용에 대해 흥미를 가질 수 있도록 하였습니다.

★ '생각 톡톡'의 문제를 풀면서 주제에 대한 자신의 경험이나 평소 생각을 돌이켜 보며 앞으로 학습할 내용을 짐작할 수 있도록 하였습니다.

★ 통합 교과 활동과 이어질 교과서의 연계 교과를 보며 교과 내용을 참고할 수 있도록 하였습니다.

독서 중 활동 깊고 넓게 생각하기

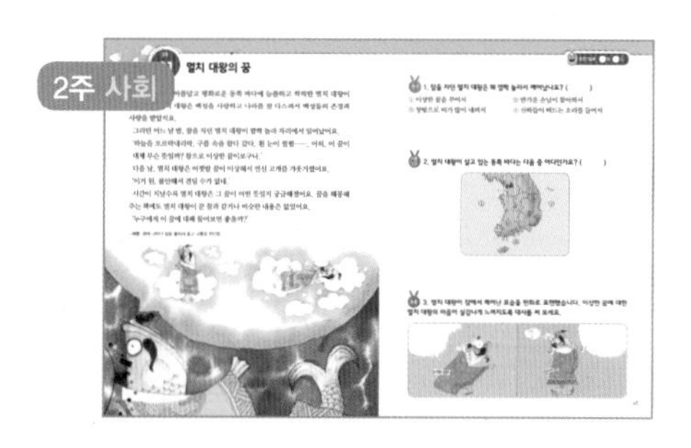

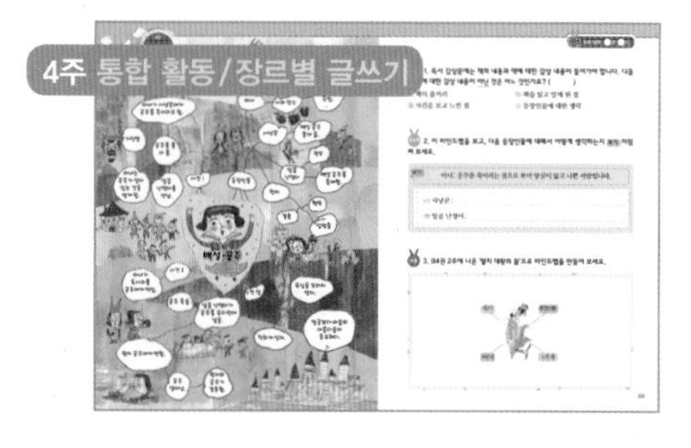

★ 한 권에 하나의 주제가 있고, 그 주제를 언어, 사회, 과학으로 나누어서 다양한 장르의 글을 읽으며 통합 교과 문제와 논술 문제를 풀 수 있도록 구성하였습니다.

★ 1주는 언어, 2주는 사회, 3주는 과학과 관련된 제재로 구성하였고, 4주는 초등 교과에서 다루고 있는 여러 가지 장르별 글쓰기(일기, 동시, 관찰 기록문, 기행문, 독서 감상문, 기사문, 논설문, 설명문, 희곡 등)와 명화 감상, 체험 학습 등의 통합 교과 활동으로 구성하였습니다.

독서 후 활동 생각 정리하기

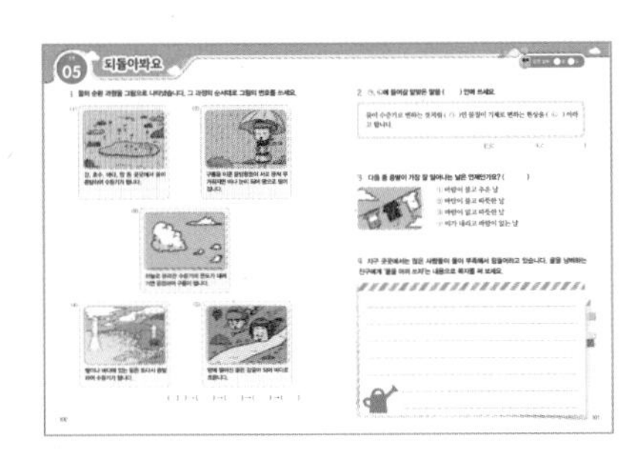

되돌아봐요

★ 앞에서 읽은 글을 돌이켜 보면서 이야기의 흐름과 중심 생각을 파악하고, 더 나아가 자신의 생각을 발전시키는 문제를 풀 수 있도록 하였습니다. 이를 통해 한 주 동안 읽고 생각한 내용을 머릿속에서 차근차근 정리할 수 있습니다.

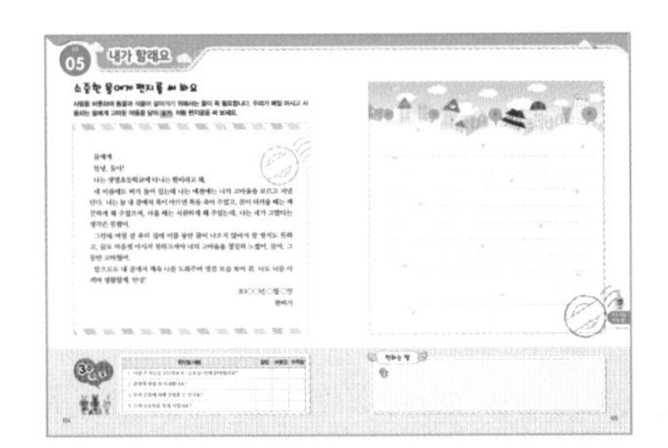

내가 할래요

★ 주제와 관련된 여러 가지 활동을 하며 한 주의 학습을 마무리할 수 있도록 하였습니다. 종이접기, 편지 쓰기, 그림 그리기 등 재미있는 활동을 하며 창의력과 상상력을 키울 수 있습니다.

★ 한 주의 학습이 끝난 다음 체크 리스트를 통해 학습한 주요 내용을 잘 이해하고 적용할 수 있는지 평가할 수 있습니다.

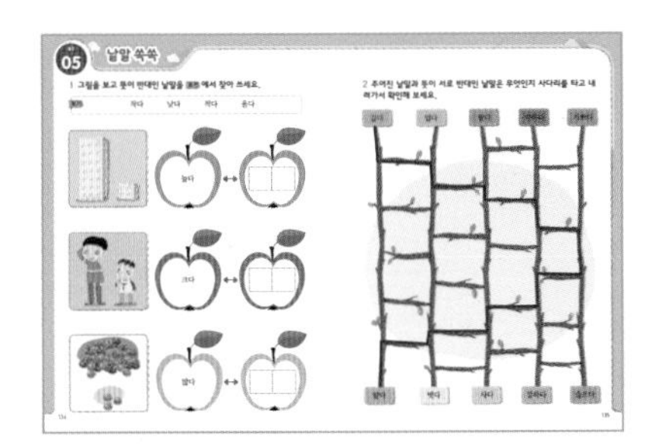

낱말 쏙쏙 (유아 P단계)

★ 한 주 동안 글을 읽으며 새로이 배운 낱말들을 그림과 더불어 살펴보고 익힐 수 있습니다.

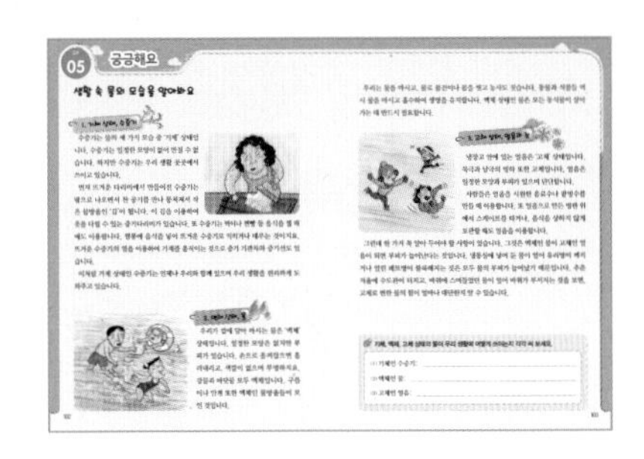

궁금해요 (초등 A~D단계)

★ 한 주 동안 읽은 글이나 주제와 관련된 배경지식을 제공하여 앞에서 학습한 내용을 좀 더 깊이 이해할 수 있습니다.

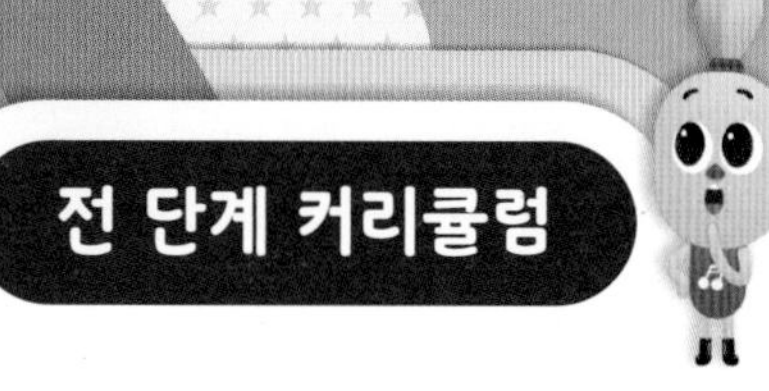

세 마리 토끼 잡는 독서 논술의 커리큘럼

단계	권	주제	제재			
			언어(1주)	사회(2주)	과학(3주)	통합 활동 장르별 글쓰기(4주)
P (유아 ~초1)	1	나의 몸 살피기	뾰족성의 거울 왕비	주먹이	구슬아, 어디로 가니?	몸 튼튼, 마음 튼튼
	2	예절 지키기	여우와 두루미	고양이가 달라졌어요	비비네 집으로 놀러 와!	안녕하세요?
	3	친구와 사귀기	하얀 토끼, 까만 토끼	오성과 한음	내 친구를 자랑합니다!	거꾸로 도깨비 나라
	4	상상의 즐거움	헤라클레스의 모험	용용 죽겠지?	나는야 좋은 바이러스	상상이 날개를 달았어요
	5	정리와 준비의 필요성	지우개야, 고마워!	소가 된 게으름뱅이	개미 때문에, 안 돼~!	색깔아, 모양아! 여기 모여라!
A (초1 ~초2)	1	스스로 하기	내가 해 볼래요!	탈무드로 알아보는 스스로 하는 힘	우리도 스스로 잘 살아요	일기를 써 봐요
	2	가족의 소중함	파랑새	곰이 된 아빠	동물들의 특별한 아기 기르기	편지를 써 봐요
	3	놀이의 즐거움	꼬부랑 할머니와 흰 눈썹 호랑이	한 번도 못 해 본 놀이	동물 친구들도 노는 게 좋대요	머리가 좋아지는 똑똑한 놀이
	4	계절의 멋	하늘 공주가 그린 사계절	눈의 여왕	나뭇잎을 관찰해요	동시를 써 봐요
	5	자연 보호	세모산 솔이	꿀벌 마야의 모험	파브르 곤충기 (송장벌레)	관찰 기록문을 써 봐요
B (초2 ~초3)	1	학교생활	사랑의 학교	섬마을 학교가 좋아졌어요	우리 반 사고뭉치 기동이	소개하는 글을 써 봐요
	2	호기심 과학	불개 이야기	시턴 "동물기" (위대한 통신 비둘기 아노스)	물을 훔쳐 간 범인을 찾아라!	안내하는 글을 써 봐요
	3	여행의 즐거움	하나의 빨간 모자	15소년 표류기	갯벌 탐사 여행	기행문을 써 봐요
	4	즐거운 책 읽기	행복한 왕자	멸치 대왕의 꿈	물의 여행	독서 감상문을 써 봐요
	5	박물관 나들이	민속 박물관에는 팡이가 산다	재미있는 세계 이야기 박물관	과학관으로 놀러 오세요	광고하는 글을 써 봐요

단계	권	주제	제재			
			언어(1주)	사회(2주)	과학(3주)	통합 활동 장르별 글쓰기(4주)
C (초3 ~초4)	1	교통의 발달	자동차의 왕, 헨리 포드	당나귀를 타려다가……	교통수단, 사람들 사이를 잇다	명화 속 교통수단
	2	날씨와 환경	그리스 로마 신화	북극 소년 피터	생활 속 과학	날씨와 생활
	3	나누며 사는 삶	마더 테레사	민들레 국숫집	지진과 화산	주장하는 글을 써 봐요
	4	지역의 자연환경	울산 바위의 유래	우리 마을이 최고야!	아름다운 우리 고장	우리 마을 지도를 그려 봐요
	5	지역의 문화	준치가 메기 된 날	강릉의 딸, 겨레의 어머니 신사임당	우리나라 풀꽃 이야기	지역 특산물을 소개해 봐요
D (초5 ~초6)	1	우리 역사	삼국유사	옛날 사람들은 어떻게 살았을까?	역사를 바꾼 겨레 과학	지붕 없는 박물관, 경주 역사 유적 지구
	2	문화재	반야산 불상의 전설	난중일기	우리 문화에 숨어 있는 과학	설명하는 글은 어떻게 쓸까요?
	3	경제생활	탈무드로 만나는 경제	나눔을 실천한 기업가 유일한	재미있는 확률 이야기	기사문은 어떻게 쓸까요?
	4	정보화 사회	컴퓨터 천재 빌 게이츠	봉수와 파발	컴퓨터와 인터넷 세상	연설문은 어떻게 쓸까요?
	5	세계와 우주	우주를 여행하는 과학자 스티븐 호킹	80일간의 세계 일주	별과 우주	희곡은 어떻게 쓸까요?

각 학년의 교과와
연계된 주제로 다양한 글을
읽을 수 있어요.

교재의 학습 방법

세 마리 토끼 잡는 독서 논술 이렇게 공부하세요

자신 있게 학습할 수 있는 단계를 선택하세요.

〈세 마리 토끼 잡는 독서 논술〉은 어린이 개인의 능력에 따라 단계를 선택하여 학습할 수 있는 교재입니다. 학년과 상관없이 자신이 자신 있게 학습할 수 있는 단계부터 선택하는 것이 중요합니다. 너무 어려운 단계나 너무 쉬운 단계를 선택하면 학습에 흥미를 잃을 수 있으므로 주의하세요.

한 주 동안 읽어야 할 독서 자료를 미리 읽으세요.

한 주 동안 읽어야 할 독서 자료를 미리 읽고 전체 내용을 파악한 다음, 매일 3장씩 읽고 문제를 푸는 것이 독서 학습을 하는 데 효과적입니다. 독서에는 흐름이 있습니다. 전체의 흐름을 미리 알고 세부적인 문제를 푸는 것이 사고력 확장에 도움이 됩니다.

매일 3장씩 꾸준히 공부하세요.

'가랑비에 옷이 젖는다.'라는 속담처럼 매일 꾸준히 3장씩 읽고, 생각하고, 표현하다 보면 독서, 사고, 통합 교과적 사고 능력이 성장한다는 것을 느낄 수 있을 것입니다. 그리고 매일 학습을 마친 뒤에는 '1일 학습 끝!' 붙임 딱지를 붙이면서 성취감을 느껴 보세요.

한 주 학습을 마친 후 자기 평가를 해 보세요.

한 주 학습이 끝난 다음에는 체크 리스트를 통해 학습한 내용을 얼마나 이해하고 적용할 수 있는지 스스로 평가해 보세요. 그래서 부족한 부분이 있다면 다시 한번 짚고 넘어가세요.

부모님과 깊이 있는 대화를 나누어 보세요.

한 주 동안 독서 자료를 읽고 문제를 풀면서 생각하고 표현해 보았다면, 그 주제에 대해 부모님과 이야기를 나누어 보세요. 주제에 대해 자신이 새롭게 알게 된 것이나 다르게 생각하게 된 것을 부모님과 이야기하다 보면 생각이 더욱 커진답니다.

한 주 학습표

일	월	화	수	목	금	토

★ 한 주 동안 읽어야 할 독서 자료 미리 읽기

★ 매일 3장씩 학습하기 → '1일 학습 끝!' 붙임 딱지 붙이기 → 한 주 학습이 끝나면 체크 리스트를 보며 평가하기

★ 부족한 부분 되짚기
★ 주요 내용 복습하기

세 마리 토끼 잡는 독서 논술

P단계 5권

주제	주	제목	교과 연계 내용
정리와 준비의 필요성	언어(1주)	지우개야, 고마워!	[국어 1-1] 겪은 일을 떠올려 그림일기 쓰기
			[국어 3-2] 차례대로 내용 간추리기 / 인물의 말과 행동 생각하며 읽기
			[국어 4-1] 글을 읽고 생각과 느낌 나누기
			[통합교과 봄1] 교실에서 지켜야 할 규칙 알기 / 교실에서 쓰는 물건 정리하기
			[통합교과 여름1] 생활에서 에너지를 절약하는 방법 알기
	사회(2주)	소가 된 게으름뱅이	[국어 2-2] 장면을 떠올리며 이야기 읽기
			[국어 3-2] 차례대로 내용 간추리기 / 인물의 말과 행동 생각하며 읽기
			[국어 4-1] 하루 동안에 겪은 일 말하기
			[통합교과 봄1] 교실에서 지켜야 할 규칙 알기
			[통합교과 여름1] 가족의 의미와 소중함 알기 / 집에서 지켜야 하는 규칙과 예절 알기 / 가족이 함께하는 행사 알기
			[통합교과 봄2] 꿈을 이루기 위한 노력 다짐하기
	과학(3주)	개미 때문에, 안 돼~!	[국어 3-1] 일이 일어난 까닭 알기
			[통합교과 봄1] 생명의 소중함 알기
			[통합교과 여름1] 가족이 함께하는 행사 알기 / 여름의 느낌 다양하게 표현하기
			[통합교과 봄2] 몸이 자라는 과정 살피기
			[통합교과 여름2] 여름과 관련 있는 동식물 알기
	통합 활동(4주)	색깔아, 모양아! 여기 모여라!	[국어 1-2] 소리와 모양을 나타내는 말에 대해 알기
			[국어 3-2] 표현의 재미를 살려 시 읽기
			[수학 1-1] 여러 가지 모양 알기
			[수학 2-1] 여러 가지 도형 그리기
			[통합교과 봄1] 교실에서 지켜야 할 규칙 알기 / 교실에서 쓰는 물건 정리하기

지우개야, 고마워!

생각톡톡 여러분이 가장 좋아하는 학용품은 무엇인가요?

관련교과

[국어 3-2] 차례대로 내용 간추리기 / 인물의 말과 행동 생각하며 읽기
[통합교과 봄1] 교실에서 지켜야 할 규칙 알기 / 교실에서 쓰는 물건 정리하기

지우개야, 고마워!

"에구구, 에구구!"
깜깜한 밤에 어디선가
앓는 소리가 들렸어.

* **앓다**: 병에 걸려 고통을 겪다.

"누가 이렇게 시끄러운 거야?"

색연필이 투덜거리며 일어나 불을 켜고

상처 난 허리를 툭툭 두드렸어.

방 안이 밝아지자 다른 친구들도 하나둘 잠이 깼어.

"잠 좀 자자. 도대체 무슨 일인데 그래?"

언어 **이 글은 언제 일어난 일인지 붙임 딱지에서 찾아 ?에 붙이세요.**

?

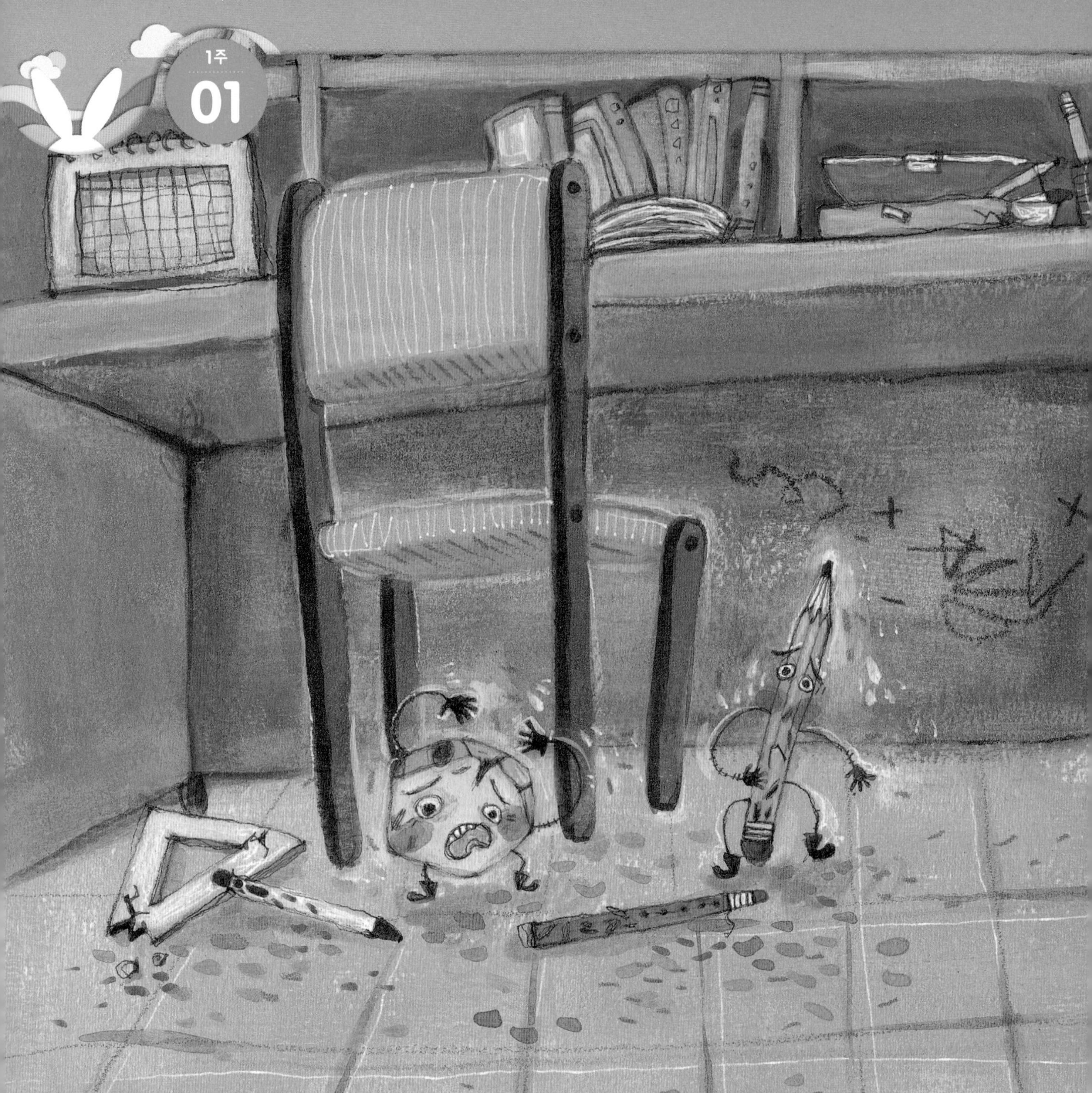

책상과 방바닥에 아무렇게나 놓여 있던 학용품들이
눈살을 찌푸리며 주위를 두리번거렸어.
연필이 책상 밑에 떨어져 있는 노란 지우개에게 물었어.
"너 왜 그러니?"

지우개가 앓는 소리를 하며
대답했어.
“아야야, 너무 아파.
여기저기 상처 난 게 보이지?”
지우개의 몸에는
볼펜으로 콕콕 찌른 자국과
칼로 푹푹 베어* 낸 자국이 있었어.

* 베다: 날이 있는 물건으로 무엇을 끊거나 자르거나 가르다.

언어 **지우개가 앓는 소리를 낸 까닭으로 알맞은 것에 ○표 하세요.**

몸이 아파서 | 무서운 꿈을 꾸어서

볼펜이 혀를 끌끌 찼어.
"안됐다만, 여기 있는 친구들은 모두 그래."
지우개가 방 안을 둘러보았어.
그런데 이게 웬일이니?

1주 1일
학습 끝!

붙임 딱지 붙여요.

멀쩡한 학용품이 하나도 없는 거야.

모두 어딘가 부러지거나 상처가 나 있었지.

연필이 머리를 앞으로 내밀며 말했어.

"그 녀석이 나를 *질겅질겅 씹어서 이렇게 됐어."

※ **질겅질겅**: 질긴 물건을 거칠게 자꾸 씹는 모양.

사회 탐구 **연필을 사용하는 방법을 바르게 말한 것을 찾아 색칠하세요.**

꾹꾹 눌러 심을 부러뜨려요.

질겅질겅 씹어요.

함부로 던지지 않아요.

연필 머리에는 *잇자국이 콕콕 나 있었지.
그림책에는 낙서가 되어 있었고,
공책에는 침 자국과 음식 찌꺼기가 묻어 있었어.
모서리가 깨진 삼각자, 부러져 꼬맹이가 된 크레파스,
먼지를 뒤집어쓴 책가방, 끈이 떨어진 신발주머니 등
하나같이 엉망이었단다.

* **잇자국**: 이로 물었던 자국.

수리 탐구 **삼각자처럼 세모꼴인 물건을 붙임 딱지에서 찾아 ?에 붙이세요.**

?

지우개가 말했어.
"도대체 우리를 이렇게 만든
그 녀석이 누군데?"
"차오름이란 녀석이야.
우리들의 *주인이지."

* **주인**: 물건 등을 가진 사람.

"으으, 난 그 애 이름만 들어도 몸이 떨려."
필통이 덜덜 떨며 말했어.
지우개는 믿을 수 없다는 듯 고개를 흔들었어.
"그 정도야?"

논술 **이 글에서 학용품들을 괴롭힌 사람은 누구인가요? 그 이름을 찾아 써 보세요.**

매직

1주 2일 학습 끝!

붙임 딱지 붙여요.

지우개가 책상 위로 올라갔어.

“이래 봬도 난 지우개야.

잘못된 것을 고칠 수 있도록 지우는 일을 하지.”

지우개는 뒤돌아서서 등에 있는 글자를 보여 주었어.

지우개 등에는 ‘매직*’이라고 쓰여 있었지.

지우개가 말했어.

“마술처럼 감쪽같이 지운다는 뜻에서 붙여진 이름이야.”

* **매직**: ‘마술’의 영어 표현.

과학 탐구 **지우개가 하는 일을 찾아 □ 안에 ✓표 하세요.**

- 잘못된 것을 지우는 것 □
- 책상 위에 올라가는 것 □

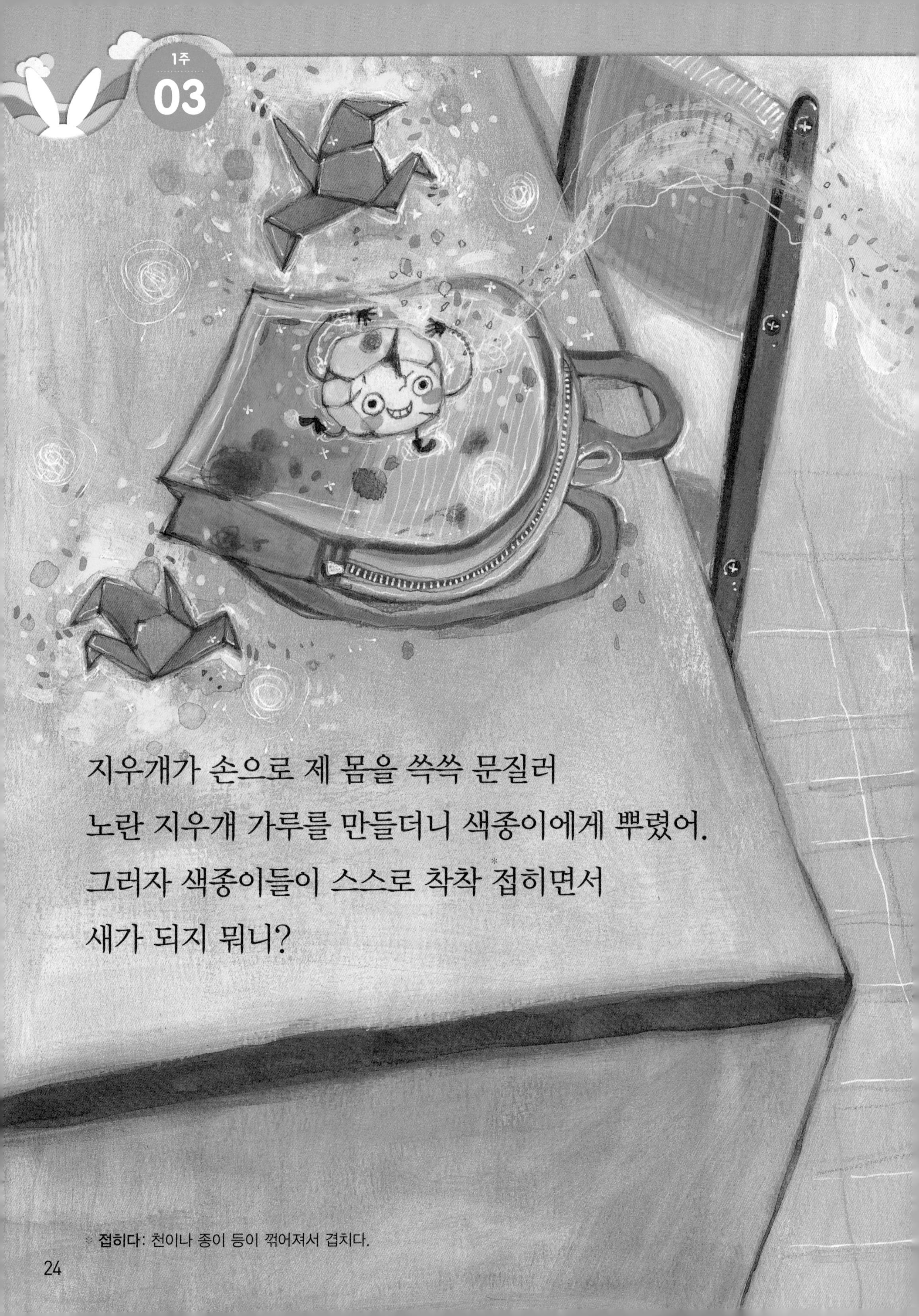

지우개가 손으로 제 몸을 쓱쓱 문질러
노란 지우개 가루를 만들더니 색종이에게 뿌렸어.
그러자 색종이들이 스스로 착착 접히면서*
새가 되지 뭐니?

* **접히다**: 천이나 종이 등이 꺾어져서 겹치다.

지우개는 남은 가루를 잠자는 오름이에게도 뿌렸어.
오름이는 몸이 줄어드는 걸 느끼며 잠에서 깼지.
"어어? 이게 어떻게 된 거야?"
그때 지우개가 책가방에 올라타며 소리쳤어.
"모두 올라타! 오름이 너도."

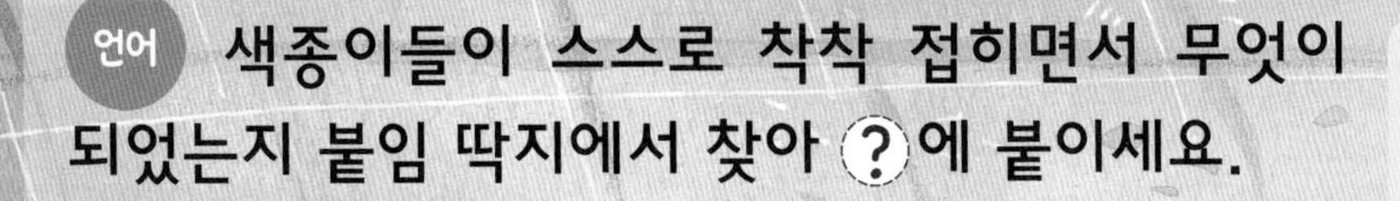
언어 색종이들이 스스로 착착 접히면서 무엇이
되었는지 붙임 딱지에서 찾아 ?에 붙이세요.

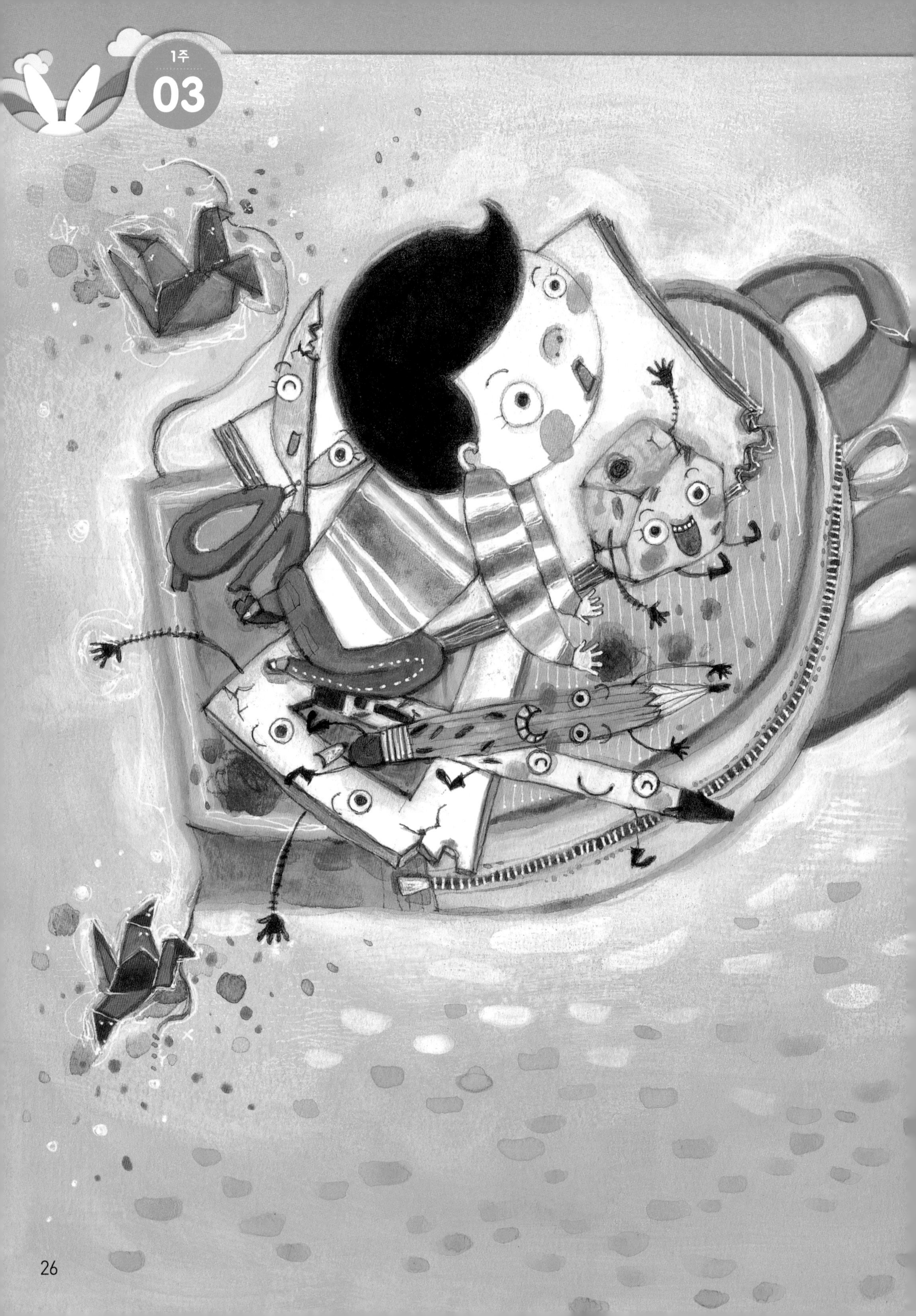

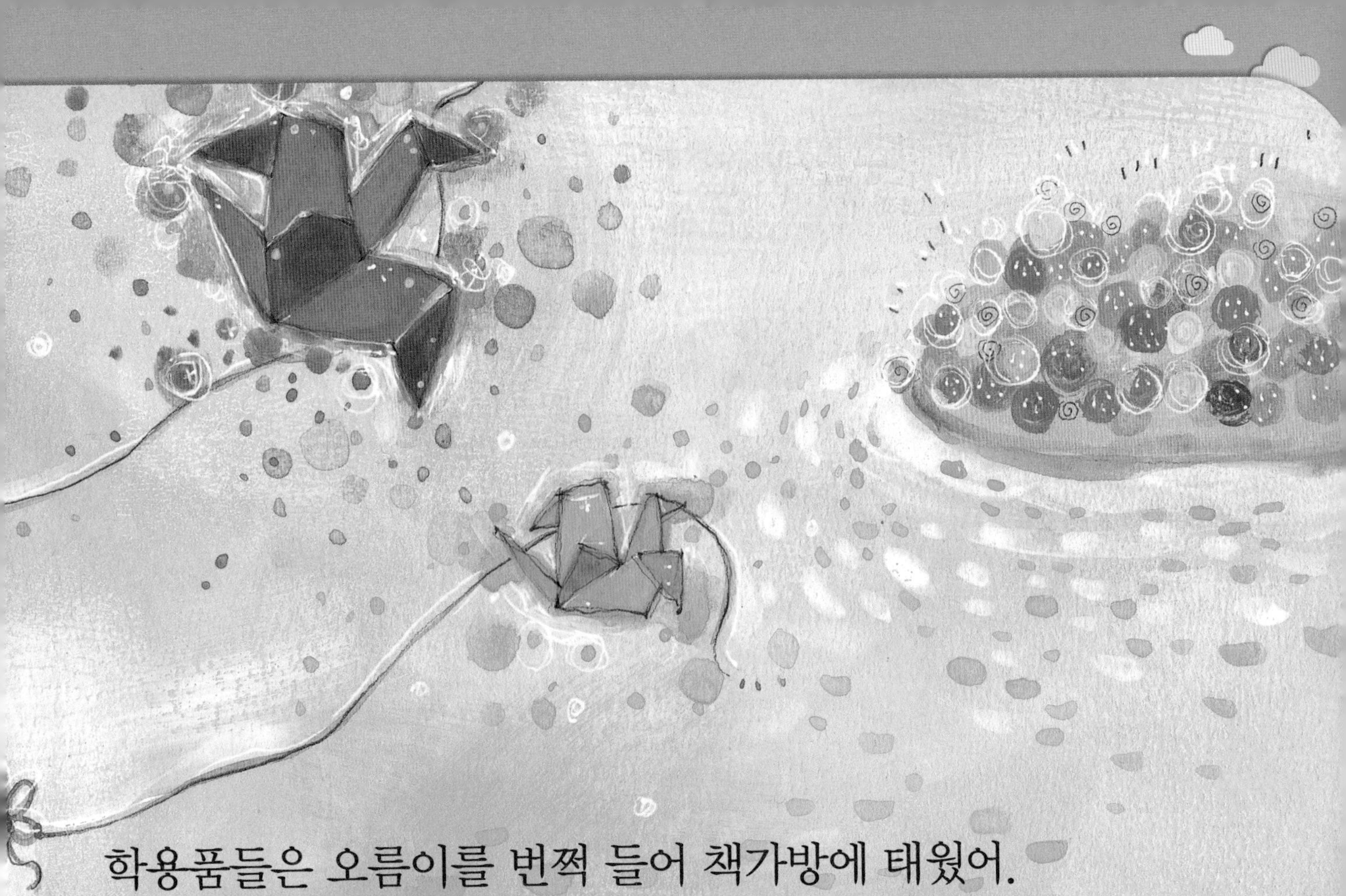

학용품들은 오름이를 번쩍 들어 책가방에 태웠어.

"어어, 왜 이래? 내려 줘!"

색종이 새들이 책가방을 물고 하늘 높이 날아올랐어.

"으악, 날 어디로 데려가는 거야?"

책가방은 바다를 건너 먼 나라로 날아가더니

어느 작고 *허름한 학교 위에 멈추어 섰어.

* 허름하다: 낡고 헌 듯하다.

언어 오름이를 태운 책가방이 멈추어 선 곳은 어디인지 찾아 ○표 하세요.

학교 위　　시장 위　　병원 위

조약돌처럼 반짝반짝 눈동자를 빛내며
열심히 공부하고 있는 아이들이 보였지.
아이들은 낡은 책을 펼쳐 놓고
손에 잘 잡히지도 않는
*몽당연필로 공책에 글씨를 쓰고 있었지.

* 몽당연필: 많이 깎아 써서 길이가 아주 짧아진 연필.

1주 3일
학습 끝!

붙임 딱지 붙여요.

연필심에 침을 발라 가며 글씨를 꾹꾹 눌러쓰는
아이들의 모습은 무척이나 진지*해 보였어.
"어휴, 저런 연필로 어떻게 글씨를 쓰지?"
오름이가 답답하다는 듯 혀를 끌끌 찼어.

* 진지하다: 마음 쓰는 태도나 행동 등이 참되고 착실하다.

논술 **몽당연필로 글씨를 쓰는 먼 나라 아이들을 보고 어떤 생각이 들었는지 써 보세요.**

선생님이 새 연필을 하나씩 나누어 주자
아이들은 창문이 들썩이도록 소리치며 좋아하는 거야.
지우개가 얼굴을 잔뜩 찌푸린 오름이에게 말했어.

"넌 저 아이들에 비하면 부족한 게 없는데
왜 늘 짜증을 내니?"
오름이는 속으로는 뜨끔했지만, 입술을 삐죽거렸어.
"저 아이들처럼 작은 것에도
행복을 느낄 수 있는 마음을 좀 배워."

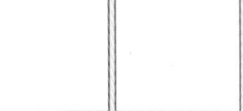

논술 지우개는 오름이가 무엇을 배워야 한다고 생각했나요? 빈칸에 알맞은 말을 찾아 써 보세요.

작은 것에도 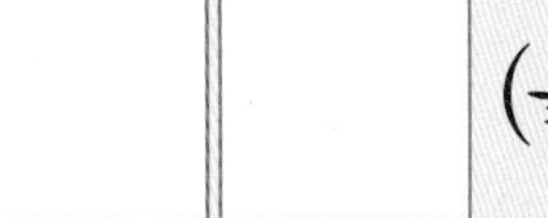 (을)를 느낄 수 있는 마음

"네가 분지른* 연필 한 자루만 아껴도
저 아이들이 하루를 배불리 먹을 수 있어."
오름이는 책가방에 있는 망가진 학용품을 살펴보았어.
고개를 들 수가 없을 만큼 부끄러웠지.
하지만 생각과 다르게 버럭 화를 냈어.
"그만둬! 어서 집에나 데려다줘!"
그 순간 책가방이 훌렁 뒤집어졌어.
"으악!"

* **분지르다**: 단단한 물체를 꺾어서 부러지게 하다.

언어 **오름이가 화를 낸 까닭으로 알맞은 것에 ○표 하세요.**

자신만 새 연필을 받지 못해서	학용품을 함부로 쓴 자신이 부끄러워서

오름이는 '쿵!' 하고 침대에서 떨어졌어.
눈을 번쩍 뜬 오름이는
아무렇게나 흩어져 있는 학용품을 보자
새 연필 한 자루에 기뻐하던 아이들의 모습이 떠올랐어.

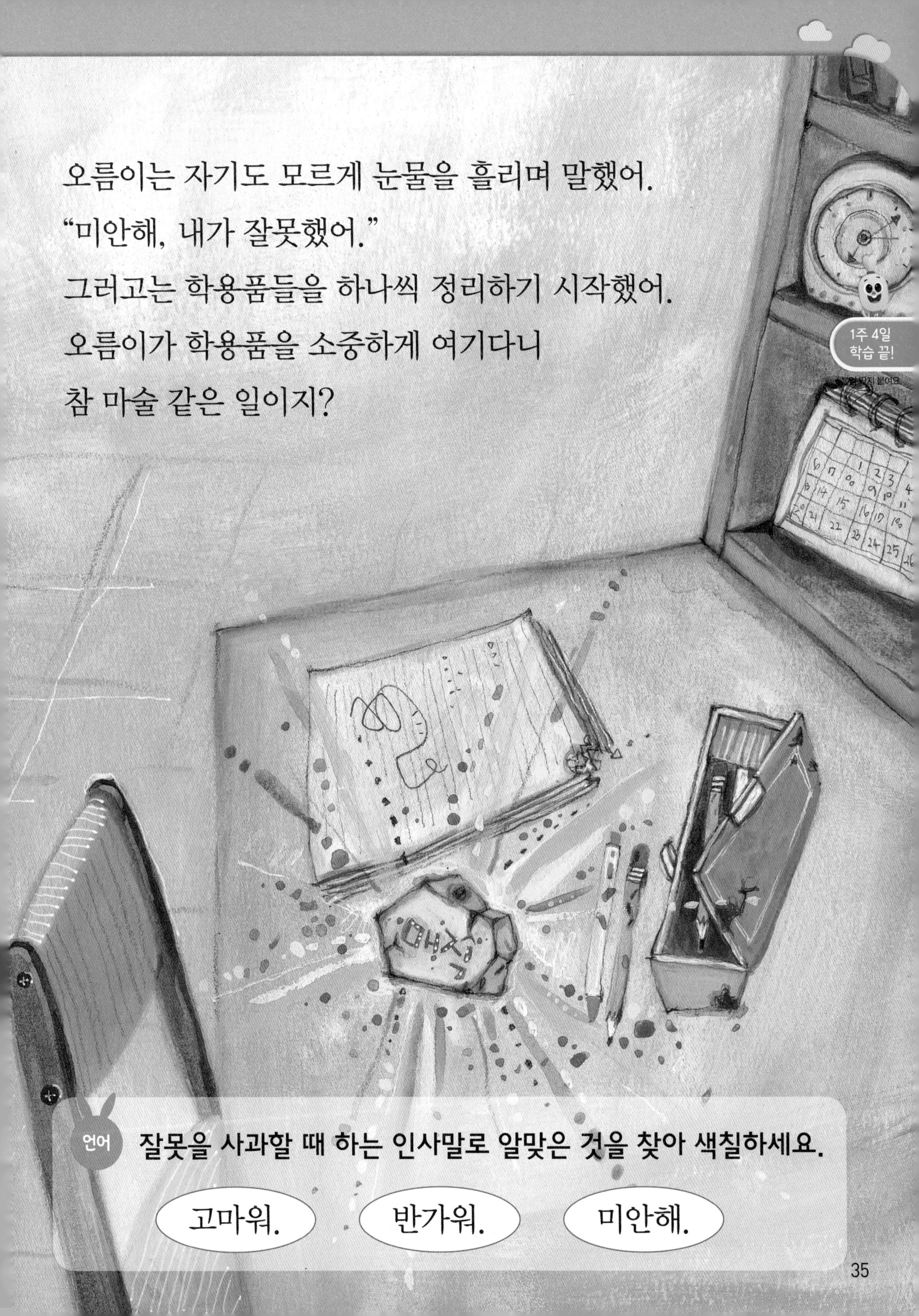

오름이는 자기도 모르게 눈물을 흘리며 말했어.
"미안해, 내가 잘못했어."
그러고는 학용품들을 하나씩 정리하기 시작했어.
오름이가 학용품을 소중하게 여기다니
참 마술 같은 일이지?

1주 4일
학습 끝!

언어 **잘못을 사과할 때 하는 인사말로 알맞은 것을 찾아 색칠하세요.**

고마워. 반가워. 미안해.

되돌아봐요

1 '지우개야, 고마워!'를 잘 읽었나요? 이 이야기에 나오는 것들만 찾아 선으로 묶으세요.

2 오름이에 대한 설명으로 맞으면 ○표, 틀리면 ×표 하세요.

- 항상 학용품을 소중하게 여겼어요. (   )
- 늘 짜증을 냈어요. (   )
- 언제나 작은 것에 행복을 느꼈어요. (   )
- 끝까지 자신의 잘못을 깨닫지 못했어요. (   )

3 일이 일어난 순서대로 빈칸에 번호를 쓰세요.

❶

오름이가 눈물을 흘리며 학용품을 정리했어요.

❷

지우개가 앓는 소리를 내며 상처 난 자신의 몸을 보여 주었어요.

❸
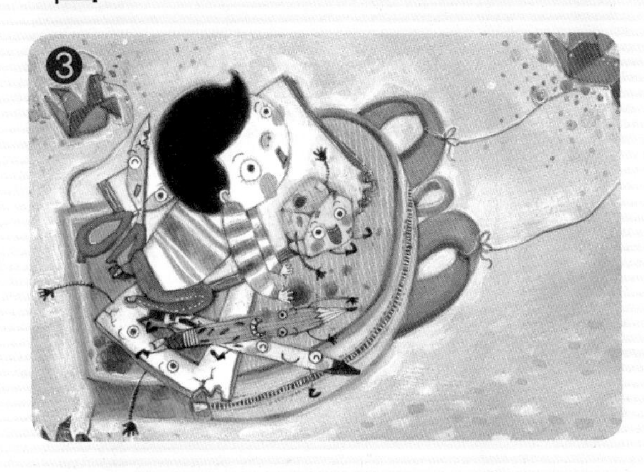

오름이를 태운 책가방이 바다 건너 먼 나라로 날아갔어요.

❹

다른 학용품들도 모두 상처투성이였어요.

❺

먼 나라 아이들은 새 연필을 한 자루씩 나누어 받자 좋아했어요.

❻
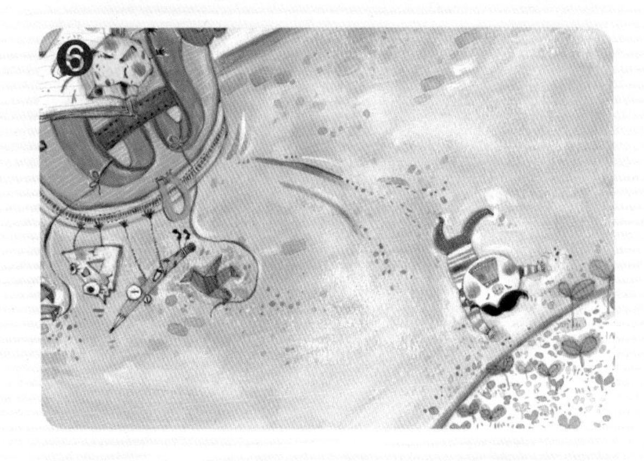

책가방이 뒤집히며 오름이가 잠에서 깨어났어요.

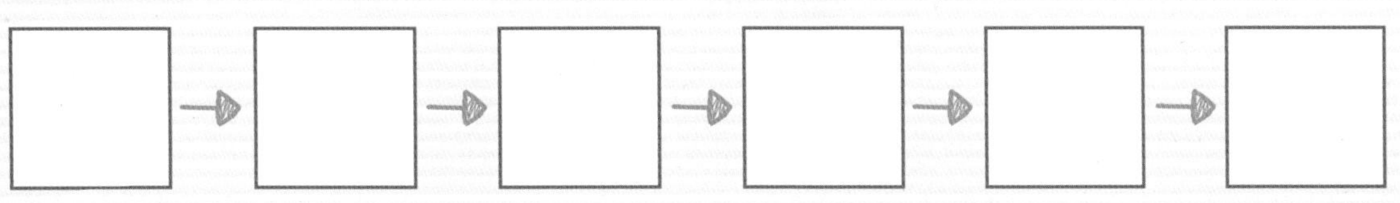

낱말 쏙쏙

| 그림이 나타내는 낱말이 무엇인지 사다리를 타고 내려가서 확인해 보세요.

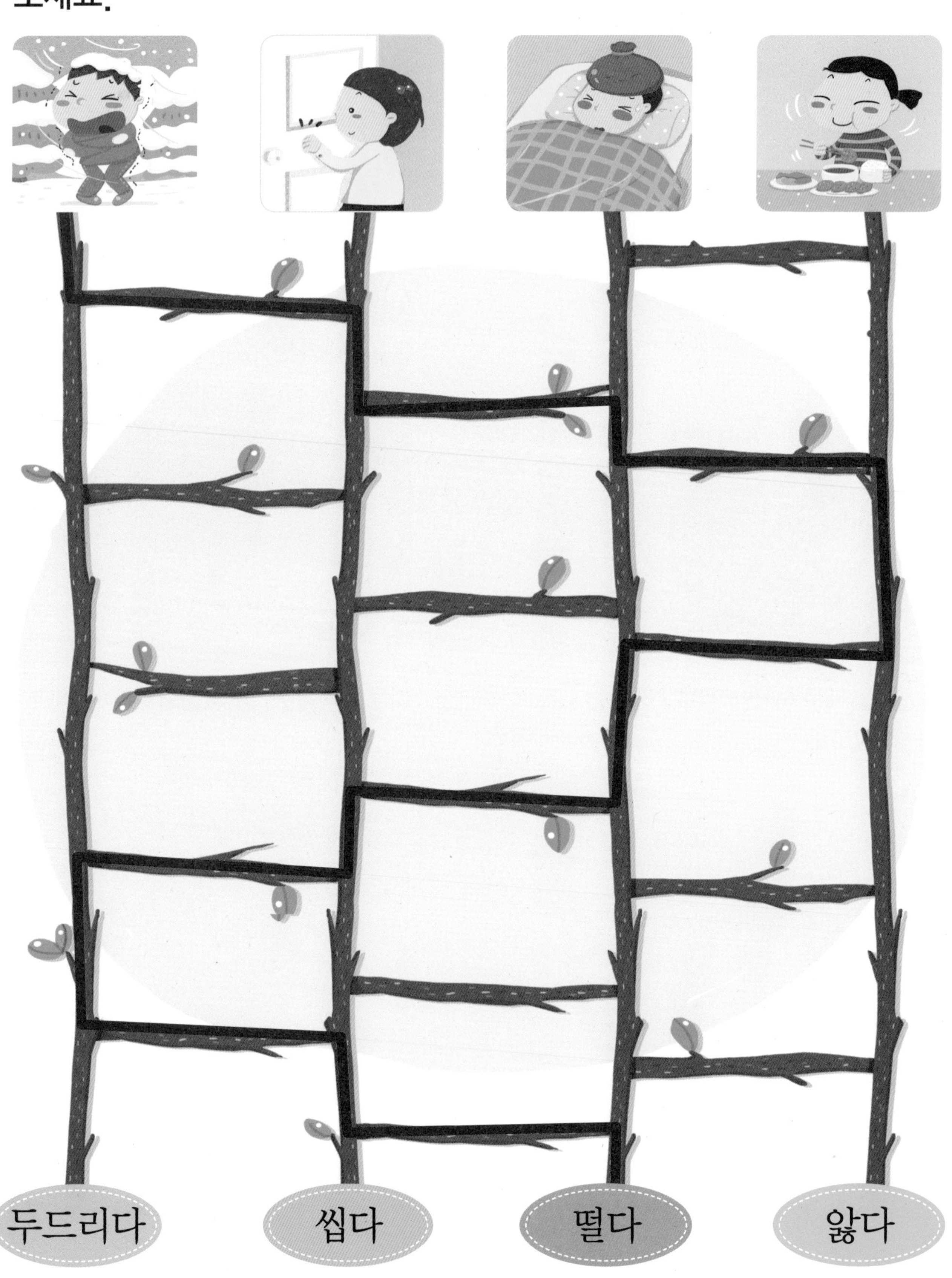

2 아래 학용품에 알맞은 이름을 보기 에서 찾아 쓰세요.

보기 공책 필통 연필 색종이 책가방 지우개

이런 말이 하고 싶어요

우리가 늘 사용하는 학용품에 하고 싶은 말을 해 볼까요? 보기 와 같이 각 학용품에 하고 싶은 말을 써 보세요.

보기
너는 항상 정확하구나.
나도 너처럼 믿음직한 사람이
되고 싶어.
자
무거운 책들을 넣어 주어서
고마워! 네 덕분에 책을 잘 가지고
다닐 수 있어.
책가방
가위야, 종이를 예쁘게
잘라 주어서 고마워!
가위

1주 학습 끝!

확인할 내용	잘함	보통임	부족함
1. 이번 주 학습을 5일(월요일~금요일) 안에 끝마쳤나요?			
2. 왜 물건을 아끼고 소중하게 다루어야 하는지 알게 되었나요?			
3. 작은 것에 행복을 느끼면 좋은 점을 알게 되었나요?			
4. 학용품에 하고 싶은 말을 쓸 수 있나요?			

1주 5일 학습 끝!

붙임 딱지 붙여요.

2주 소가 된 게으름뱅이

생각톡톡 '게으른 동물' 하면 가장 먼저 떠오르는 것은 무엇인가요?

관련교과
[통합교과 여름1] 집에서 지켜야 하는 규칙과 예절 알기 / 가족이 함께하는 행사 알기
[통합교과 봄2] 꿈을 이루기 위한 노력 다짐하기

2주

01 소가 된 게으름뱅이

옛날, 어느 마을에 게으름뱅이가 살았어.
일하기를 어찌나 싫어하는지
이제껏 호미* 한 번 들어 본 적이 없다니까.
하루는 보다 못한 아내가 절구질을 하다 말고 소리쳤어.
"그렇게 빈둥거리니 우리가 이렇게 가난하지요?"
게으름뱅이는 겨우 돌아누우며 대답했어.
"일하기가 죽기보다도 싫은데 어쩌란 말이오."

* **호미**: 잡초를 뽑거나 감자나 고구마 등을 캘 때 쓰는 쇠로 만든 농기구.

언어 이처럼 옛날부터 사람들의 입에서 입으로 전해 내려오는 이야기를 무엇이라고 할까요? 알맞은 것에 ○표 하세요.

과학탐구 게으름뱅이는 호미 한 번 들어 본 적이 없었어요. 호미로 할 수 있는 일은 무엇인지 찾아 색칠하세요.

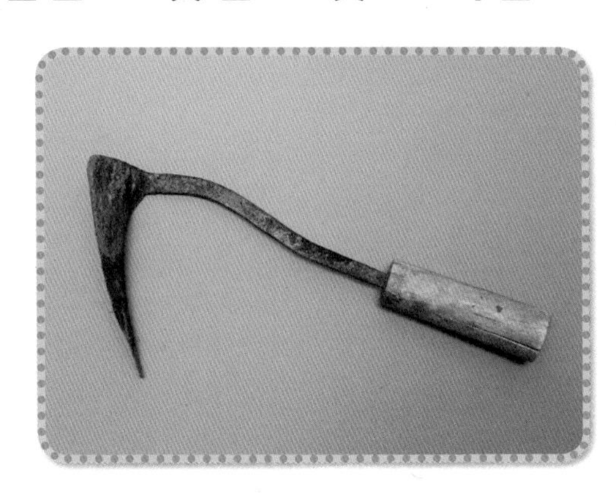

감자 캐기

나무 베기

씨뿌리기

논술 게으름뱅이는 일하는 게 정말 싫었어요. 여러분이 하기 싫은 일은 무엇인지 보기 와 같이 생각나는 대로 써 보세요.

화가 난 아내가 또 잔소리를 늘어놓았어.
"남들은 바쁜 *농사철이라고 땀 흘려 일하는데
당신은 하는 일 없이 놀기만 하니 정말 못 살겠어요!"
게으름뱅이 남편은 들은 척도 하지 않았단다.
그러자 아내가 버럭 화를 냈어.
"소도 바쁜 줄 알고 *투정 한 번 부리지 않고 일하는데,
당신은 부끄럽지도 않아요?"

* **농사철**: 농사짓기에 알맞은 때나 기회.
* **투정**: 무엇이 부족하거나 못마땅하여 떼를 쓰거나 조르는 일.

사회 탐구 아내는 바쁜 농사철에 놀기만 하는 게으름뱅이에게 잔소리를 했어요. 농사철에 볼 수 있는 모습에 ○표 하세요.

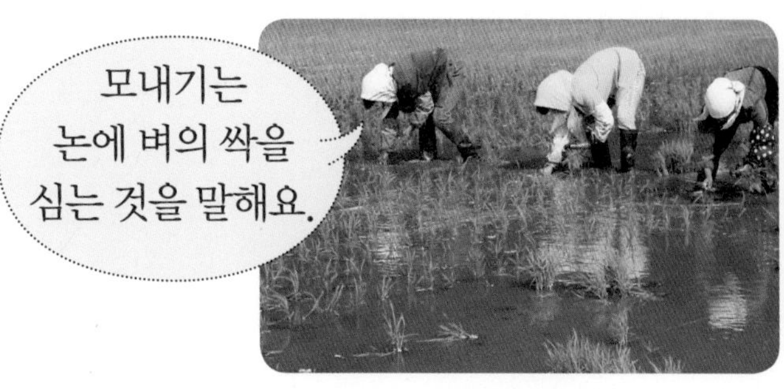

모내기는
논에 벼의 싹을
심는 것을 말해요.

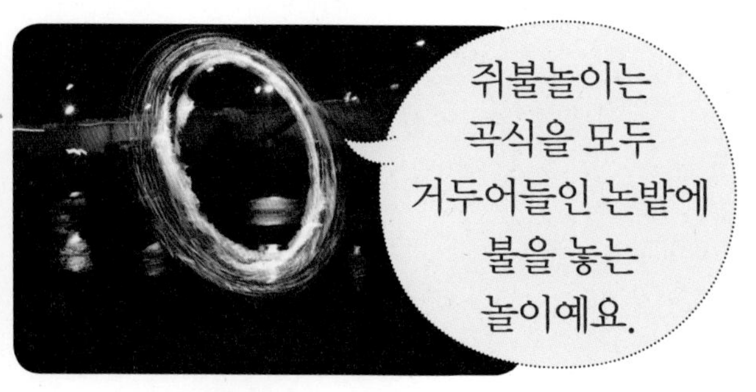

쥐불놀이는
곡식을 모두
거두어들인 논밭에
불을 놓는
놀이예요.

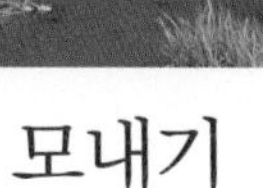

모내기 쥐불놀이

과학 탐구 옛날에 농촌에서 소가 한 일로 알맞지 않은 것에 색칠하세요.

밭 갈기

밥 짓기

짐 나르기

논술 아내는 게으름뱅이에게 잔소리를 늘어놓았어요. 여러분이 부모님께 가장 많이 듣는 꾸지람은 무엇인지 보기 와 같이 써 보세요.

보기 동생과
싸우지 말라는
말을 많이 들어요.

게으름뱅이는 벌떡 일어나며 소리쳤어.

"에이, 지겨운 잔소리 때문에 살 수가 없네.

차라리 집을 나가 혼자 살고 말지."

그러더니 방으로 들어가 옷감 두 필*을 둘러메고

횡하니 집을 나가 버리는 거야.

게으름뱅이는 아주 멀리 가려고

마을 밖으로 나가는 깔딱 고개를 넘어갔지.

고개가 얼마나 높으면 깔딱 고개일까?

* **필**: 일정한 길이로 말아 놓은 옷감 등을 세는 말.

언어 아래 물건을 셀 때 어떤 말을 쓰는지 찾아 알맞게 줄로 이으세요.

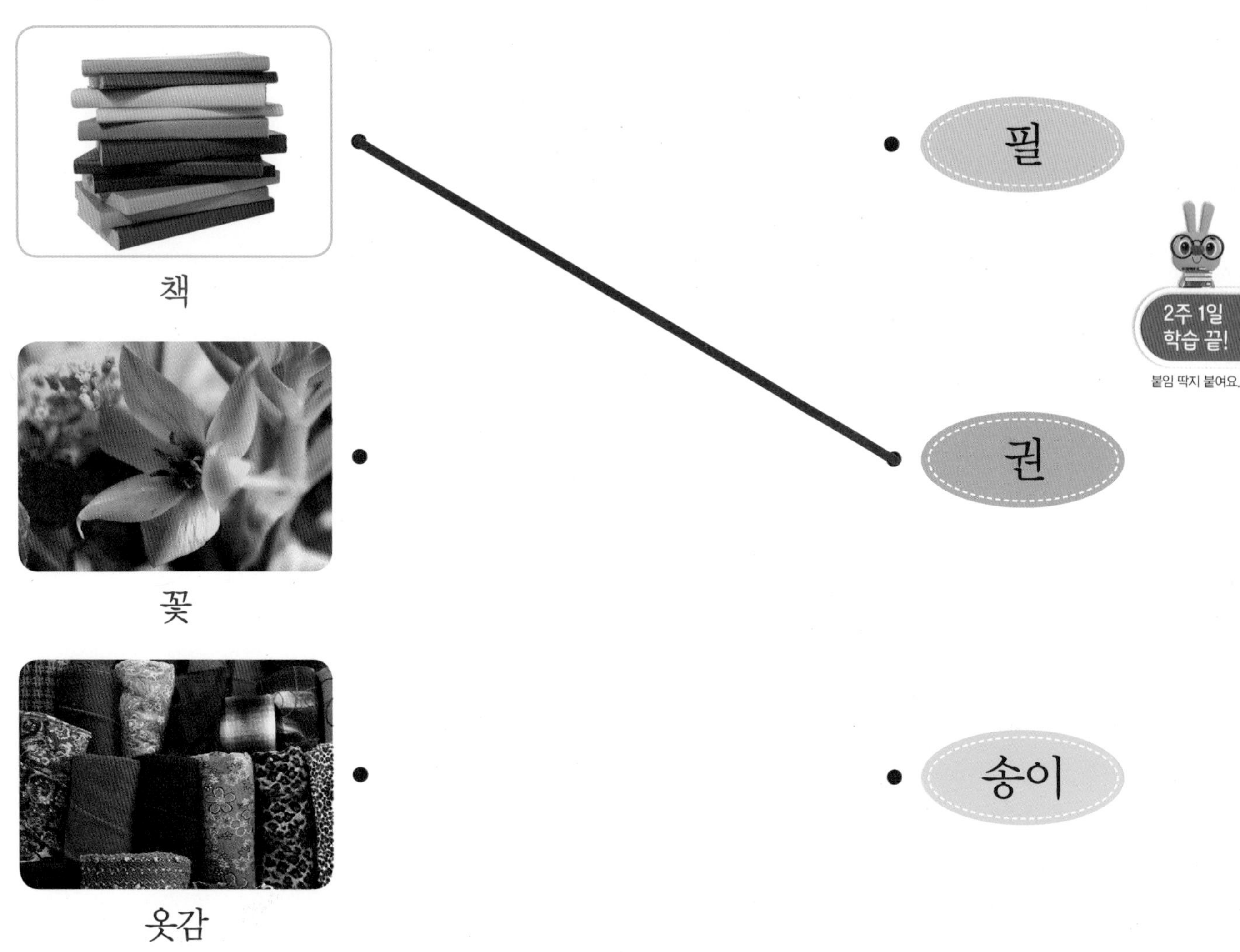

2주 1일 학습 끝!

붙임 딱지 붙여요.

논술 게으름뱅이는 깔딱 고개를 넘어갔어요. 고개에 왜 그런 이름이 붙었을지 여러분의 생각을 써 보세요.

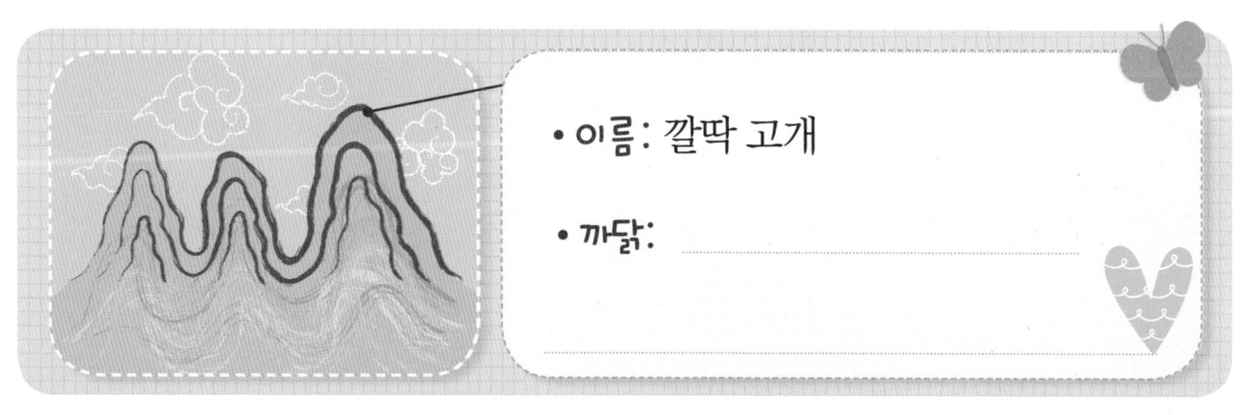

*고갯마루에 오르자 게으름뱅이는 숨이 턱까지 찼어.
"어이구, 힘들다. 어디서 잠시 쉬어 가면 좋겠네."
게으름뱅이는 산 아래쪽을 내려다보았어.
그때 저만치 아래에 작은 *정자가 보이는 거야.
"옳지, 저기서 잠깐 쉬었다 가자."
게으름뱅이는 단숨에 정자로 내려갔지.
그런데 정자 앞에서 한 노인이
무언가 만들고 있는 게 아니겠어?

* **고갯마루**: 고개에서 가장 높은 자리.
* **정자**: 경치가 좋은 곳에 놀거나 쉬기 위하여 지은 집.

언어 고갯마루에 오르자 게으름뱅이는 숨이 턱까지 찼어요. 숨이 찬 모습으로 알맞은 것에 ○표 하세요.

예체능 아래 그림에서 정자를 찾아 예쁘게 색칠하세요.

"영감님, 뭘 그렇게 열심히 만드십니까?"

영감님은 귀찮다는 듯 곁눈질*도 하지 않고 대답했어.

"보면 모르시오? 쇠머리 탈*이잖소."

그러니까 더욱 궁금해지더란 말이지.

"쇠머리 탈은 무엇에 쓰려고 만드시는 겁니까?"

"일하기 싫어하는 사람이 이걸 쓰면

아주 좋은 수가 생기거든."

게으름뱅이는 귀가 번쩍 뜨였단다.

* **곁눈질**: 얼굴은 움직이지 않고 눈알만 옆으로 굴려 가며 보는 일.
* **탈**: 얼굴을 감추거나 달리 꾸미기 위하여 나무, 종이, 흙 따위로 만들어 얼굴에 쓰는 물건.

영감님이 만드는 것은 무엇인지 찾아 색칠하세요.

각시탈

양반탈

쇠머리 탈

언어 영감님은 어떤 사람이 쇠머리 탈을 쓰면 좋은 수가 생긴다고 하였나요? 알맞은 것에 ○표 하세요.

부지런히 일하는 사람

일하기 싫어하는 사람

예체능 쇠머리 탈은 소의 머리 부분을 본떠 만든 것이에요. 여러분이 만들고 싶은 탈을 멋지게 그려 보세요.

"좋은 수라고요? 그게 정말입니까?"

"허허, 속고만 살았나. 못 믿겠거든 한번 써 보시오."

영감님은 *대뜸 쇠머리 탈을 게으름뱅이에게 씌우더니,

깔고 앉았던 쇠가죽도 게으름뱅이 몸에 턱 걸쳤어.

그러자 쇠머리 탈과 쇠가죽이

게으름뱅이 몸에 착 달라붙어 떨어지지 않는 거야.

소의 몸이 된 게으름뱅이는 깜짝 놀라 소리쳤단다.

"이키, 이게 무슨 일이오? 당장 벗겨 주시오."

* 대뜸: 이것저것 생각할 것 없이 그 자리에서 곧.

과학 탐구 영감님이 게으름뱅이의 몸에 걸친 쇠가죽처럼 동물의 가죽으로 만든 물건을 찾아 ○표 하세요.

북

윷

스케치북

2주 2일 학습 끝!

붙임 딱지 붙여요.

컵

절구

책

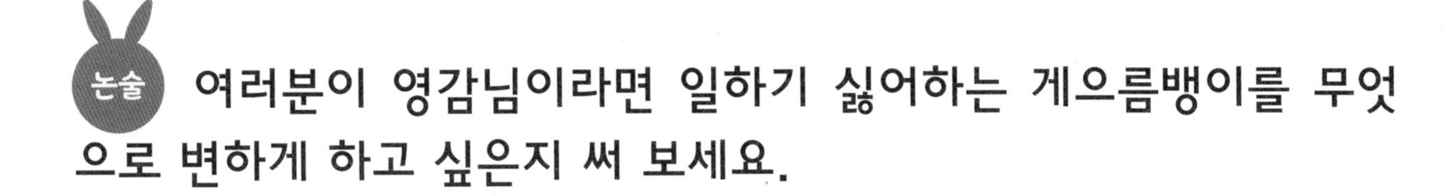

논술 여러분이 영감님이라면 일하기 싫어하는 게으름뱅이를 무엇으로 변하게 하고 싶은지 써 보세요.

보기 쉬지 않고 일만 하는 기계

하지만 사람 소리가 아닌
'음매, 음매' 소 울음소리로만 들리지 뭐야?
영감님은 이때다 싶어 밧줄을 소의 목에 걸었어.
"이놈의 게으른 소야, 어서 가자."
영감님이 고삐*를 잡아끌자 소가 된 게으름뱅이는
안 가려고 네 다리를 뻗대었지*.

* 고삐: 말이나 소를 몰거나 부리려고 재갈이나 코뚜레, 굴레에 잡아매는 줄.
* 뻗대다: 쉬이 따르지 아니하고 고집스럽게 버티다.

언어 소가 된 게으름뱅이가 소리치자 어떤 소리가 났나요? 알맞은 것에 색칠하세요.

과학탐구 소나 사람 같은 동물의 특징으로 알맞은 것에 모두 ○표 하세요.

소리를 내지 않아요.	새끼나 알을 낳아요.	주로 입으로 먹이를 먹어요.	스스로 움직여요.

논술 여러분이 게으름뱅이라면 자신이 소로 변한 것을 알고 어떤 기분일지 써 보세요.

영감님은 소의 *궁둥이를 철썩철썩 때렸어.

"고집 센 소한테는 매가 제일이지."

소가 된 게으름뱅이는 궁둥이가 아파서 찔끔 눈물이 났어.

어쩔 수 없이 영감님이 시키는 대로 따라야만 했지.

영감님은 소가 된 게으름뱅이를 데리고 *장터로 갔어.

"일 잘하는 소 사세요!"

그 소리를 듣고 한 농부가 다가왔어.

* 궁둥이: 볼기의 아랫부분.
* 장터: 시장이 열리는 곳.

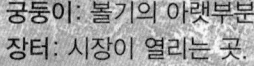

언어 영감님이 소의 궁둥이를 때린 까닭으로 알맞은 것에 색칠하세요.

고집을
부려서
일을
열심히 해서
말을
잘 들어서

언어 영감님이 소가 된 게으름뱅이를 끌고 간 곳은 어디인가요? 알맞은 곳에 ○표 하세요.

장터

들판

논술 여러분은 소가 된 게으름뱅이를 얼마에 팔고 싶나요? 소값과 그 까닭을 함께 써 보세요.

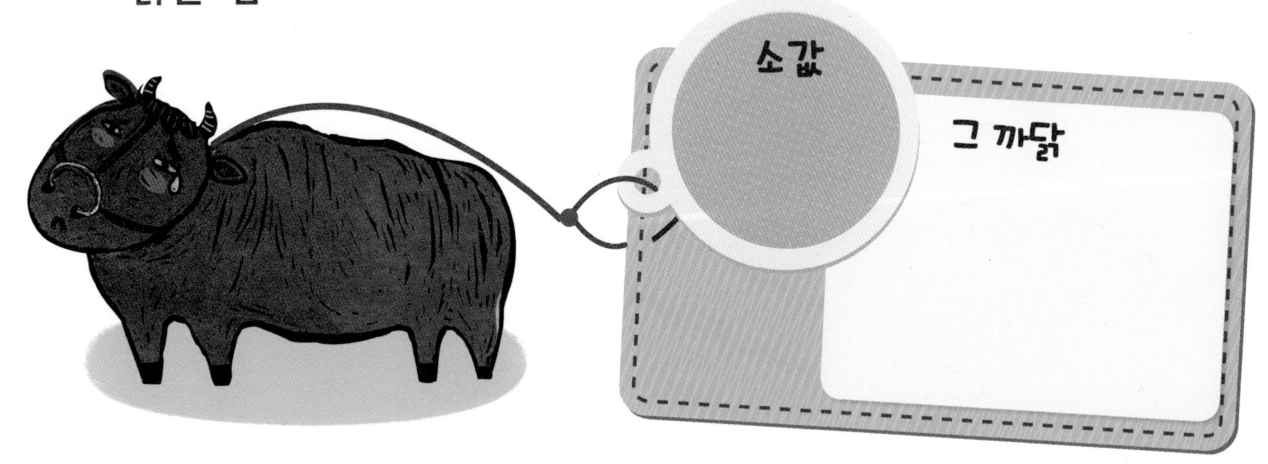

영감님은 농부에게 고삐를 넘겨주면서 말했어.
“이 소는 무를 먹으면 죽으니 무밭에는 절대 가지 마시오.”
“그것참, 별난 소도 다 있군요.”
농부는 게으름뱅이 소를 끌고 집으로 갔어.
그러고는 쉴 새 없이 일을 시키는 거야.
무거운 *쟁기를 걸고 밭을 갈게 하지 않나,
곡식을 가득 실은 *달구지를 끌게 하지 않나,
하루 종일 힘든 일만 골라서 시켰지.

* **쟁기**: 논밭을 가는 농기구.
* **달구지**: 소나 말이 끄는 짐수레.

언어 영감님이 농부에게 한 말로 알맞은 것에 색칠하세요.

무밭에는
가지 마시오.
소에게 일을
시키지 마시오.

과학 탐구 논밭을 갈 때 쓰는 도구에 ○표 하세요.

붙임 딱지 붙여요.

쟁기

달구지

논술 소가 된 게으름뱅이는 무거운 짐을 실은 달구지를 끌었어요. 여러분이 생각하는 무거운 물건은 무엇인지 달구지 위에 써 보세요.

*쇠코뚜레를 꿴 코에서는 피가 나고,
발굽은 갈라져 쓰라리고, 등에는 피멍이 들었지.
온몸이 부서질 듯 아팠지만
농부가 시키는 대로 할 수밖에 없었단다.
"아이고, 난 소가 아니라 사람이란 말이오!" 하고
아무리 소리쳐도 '음매' 소리만 났으니까.
소가 된 게으름뱅이는 영감님이 한 말이 생각났어.
'그래, 이러고 사느니 차라리 무를 먹고 죽자.'

* **쇠코뚜레**: 소의 코청을 꿰뚫어 끼는 나무 고리.

언어 소가 된 게으름뱅이의 마음으로 알맞은 것에 ○표 하세요.

과학 탐구 소는 어디에서 많이 볼 수 있는 동물인가요? 알맞은 것을 찾아 색칠하세요.

들

하늘

바다

논술 게으름뱅이가 무슨 말을 하든 농부의 귀에는 '음매' 하는 소리로만 들렸어요. 오른쪽 사진 속의 소는 무슨 말을 하는 것일까요? 상상하여 써 보세요.

농부가 한눈*을 파는 사이에 소는 얼른 무밭으로 갔어.

그러고는 정신없이 무를 먹었지.

'이제는 죽겠구나.'

생각하고 있는데 이게 웬일이야?

온몸이 근질거리더니

쇠머리 탈과 쇠가죽이 벗겨지지 않겠어?

"앗, 내 모습이 돌아왔다!"

게으름뱅이가 다시 사람이 된 거야.

이 모습을 본 농부가 깜짝 놀라 달려왔지.

"아니, 이게 어찌 된 일이오?"

* **한눈**: 마땅히 볼 데를 보지 않고 딴 데를 보는 눈.

언어 소가 된 게으름뱅이가 죽으려고 먹은 것을 찾아 ○표 하세요.

무

당근

오이

언어 게으름뱅이가 '이제는 죽겠구나.' 하고 생각한 까닭으로 알맞은 것을 찾아 색칠하세요.

늙고 병이 들어서
농부가 일을 많이 시켜서
무를 먹으면 죽는다고 해서

논술 게으름뱅이가 무를 먹지 않았다면 어떻게 되었을지 상상하여 써 보세요.

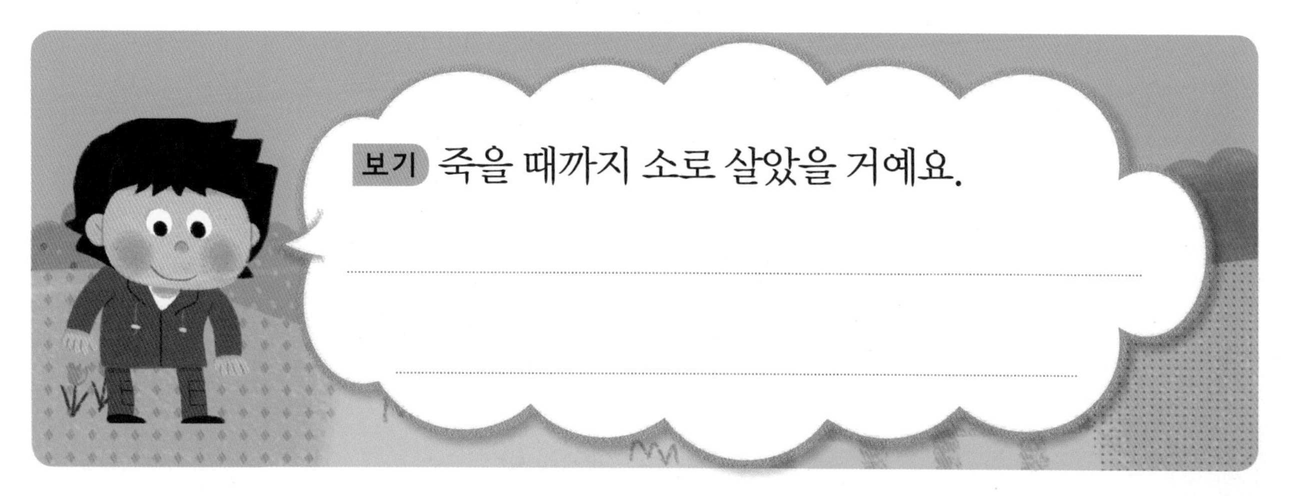
보기 죽을 때까지 소로 살았을 거예요.

게으름뱅이는 그동안 있었던 일을 농부에게 말했어.

"얼마나 게으름을 피웠으면 그런 일을 당했겠소.

이제 돌아가면 정신 차리고 부지런히 사시오."

게으름뱅이는 농부에게 고맙다는 인사를 하고

집으로 가는 길에 영감님을 만났던 정자에 들렀어.

그곳에는 집을 나올 때 들고 온

옷감 두 필만 동그마니* 놓여 있었지.

집으로 돌아온 게으름뱅이는 부지런한 사람이 되어

오래오래 행복하게 살았단다.

* **동그마니**: 사람이나 사물이 외따로 오뚝하게 있는 모양.

언어 농부가 게으름뱅이에게 한 말로 알맞은 것에 색칠하세요.

돈 많이
버시오.
부지런히
사시오.
공부
열심히 하시오.

언어 집으로 돌아온 게으름뱅이는 어떤 사람이 되었나요? 알맞은 것에 ○표 하세요.

밥을 많이 먹는 사람

부지런한 사람

2주 4일 학습 끝!

붙임 딱지 붙여요.

논술 다시 사람이 된 게으름뱅이에게 하고 싶은 말은 무엇인지 써 보세요.

되돌아봐요

1 '소가 된 게으름뱅이'를 잘 읽었나요? 이 이야기에 나오는 것을 모두 찾아 ○표 하세요.

말

소

돼지

어린아이

게으름뱅이

2 어느 곳에서 있었던 일인지 찾아 줄로 이으세요.

게으름뱅이가 쇠머리 탈을 만드는 영감님을 만났어요.

영감님이 소가 된 게으름뱅이를 농부에게 팔았어요.

소가 된 게으름뱅이가 죽으려고 무를 먹었어요.

장터 무밭 정자

3 일이 일어난 순서대로 □ 안에 번호를 쓰세요.

어느 마을에 일하기 싫어하는 게으름뱅이가 살았어요.

게으름뱅이는 무를 먹고 다시 사람이 되었어요.

집으로 돌아온 게으름뱅이는 부지런히 일했어요.

쇠머리 탈과 쇠가죽을 쓴 게으름뱅이는 소가 되었어요.

소가 된 게으름뱅이는 쉬지도 못하고 일만 했어요.

게으름뱅이는 아내의 잔소리가 듣기 싫어서 집을 나갔어요.

낱말 쏙쏙

뜻이 반대되는 말을 찾아 줄로 이으세요.

바쁘다

올라가다

내려가다

(힘이) 약하다

(힘이) 세다

가볍다

무겁다

한가하다

2 옛 물건의 이름을 보기 에서 찾아 쓰세요.

보기 호미 절구 쟁기 달구지

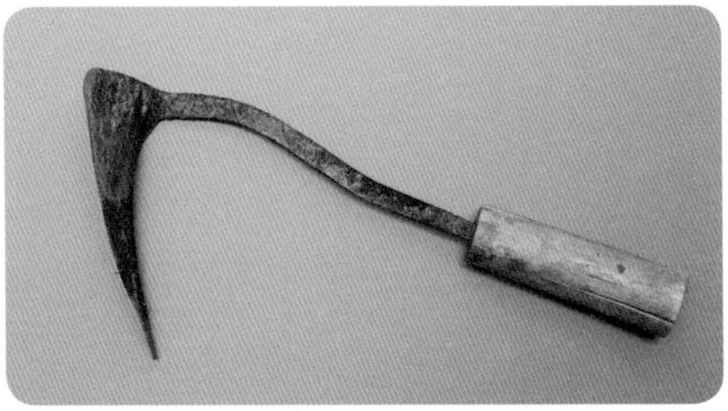

2주
05 내가 할래요

부지런한 어린이가 될래요

부지런한 어린이가 되기 위해서는 어떻게 해야 할까요? 여러분이 실천할 수 있는 네 가지를 쓰고 지켜 보세요.

보기

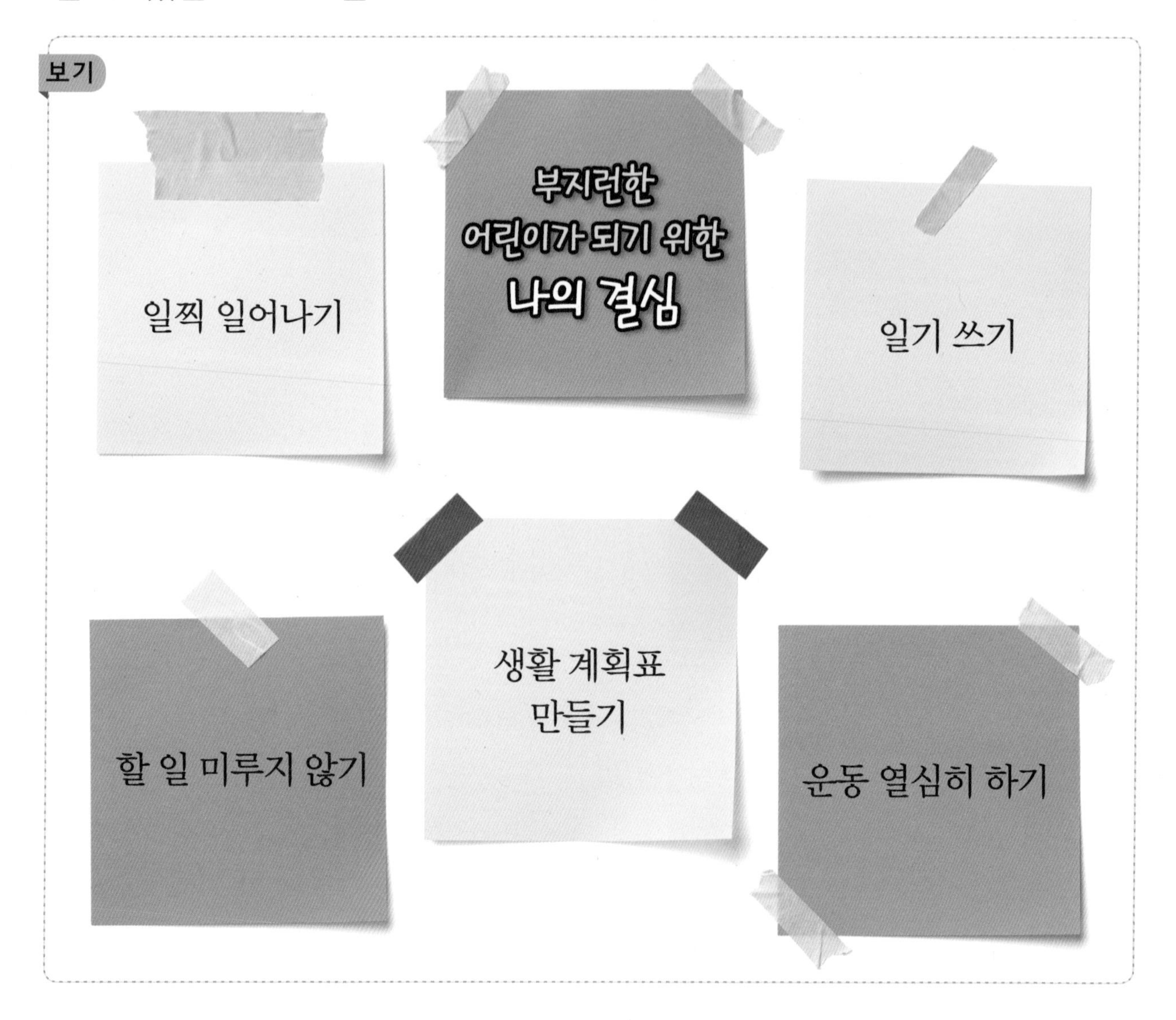

부지런한 어린이가 되기 위한 나의 결심
일찍 일어나기
일기 쓰기
할 일 미루지 않기
생활 계획표 만들기
운동 열심히 하기

확인할 내용	잘함	보통임	부족함
1. 이번 주 학습을 5일(월요일~금요일) 안에 끝마쳤나요?			
2. 게으름뱅이가 소가 된 까닭을 잘 이해하였나요?			
3. 등장인물의 마음을 잘 이해하였나요?			
4. 부지런해야 하는 까닭을 알 수 있나요?			

2주 5일
학습 끝!

붙임 딱지 붙여요.

3주
개미 때문에,
안 돼~!

생각톡톡 개미는 몸집이 작지만 힘이 세요. 여러분은 몸집이 작지만 무엇을 잘하나요?

관련교과 **[통합교과 봄1]** 생명의 소중함 알기 / **[통합교과 봄2]** 몸이 자라는 과정 살피기
[통합교과 여름2] 여름과 관련 있는 동식물 알기

01 개미 때문에, 안 돼~!

태양이 뜨겁게 내리쬐는 여름이야.
숲속에 사는 동물들은
더위를 피해 휴가를 즐기고 있었어.
어느 날 외계인이* 비행접시를* 타고 지구에 왔어.
외계인의 눈에는 지구의 생물들이 무척 게을러 보였지.
"음, 모두 저렇게 게으르다면
우리가 지구를 차지하는 건 쉬운 일이겠군."

* **외계인**: 지구 외에 다른 곳에 산다고 생각되는 인간 같은 생명체.
* **비행접시**: 하늘을 나는 접시처럼 생긴 물체.

과학 탐구 **더운 여름과 관계있는 것에 모두 ○표 하세요.**

아이스크림

호빵

눈사람

물놀이

예체능 **여러분도 외계인처럼 비행접시를 타 보고 싶지 않나요? 여러분이 타고 싶은 비행접시의 모습을 상상하여 그려 보세요.**

그때 한 외계인이 소리쳤어.
"앗, 저길 보십시오. 잠시도 쉬지 않고 일을 하는 생물이 있습니다."
외계인 대장의 눈에 땅바닥을 *발발거리며 바쁘게 먹잇감을 나르는 개미가 보였어.
"지구에 저렇게 부지런한 생물이 있었나? 저 생물에 대해 자세히 알아보거라!"

* **발발거리다**: 바쁘게 여기저기 돌아다니다.

언어 외계인이 본 '부지런한 생물'을 찾아 색칠하세요.

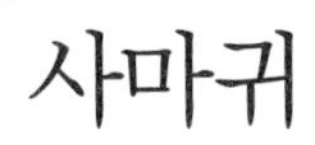

개미

거미

과학 탐구 동물이나 식물처럼 숨을 쉬고 살아 있는 것을 '생물'이라고 해요. 생물이 아닌 것에 ×표 하세요.

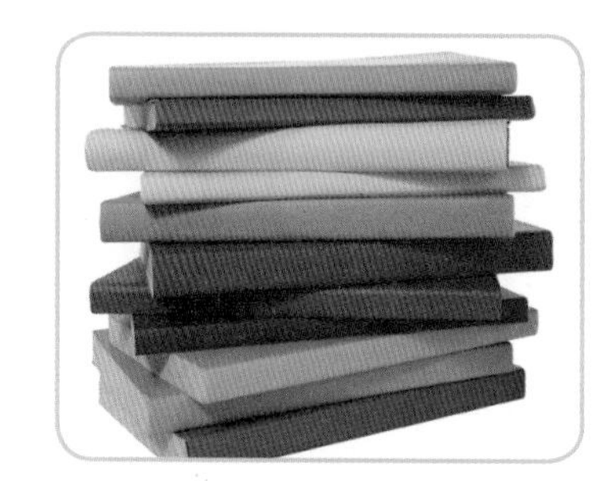

논술 개미처럼 부지런한 동물에는 또 어떤 것이 있는지 아는 대로 써 보세요.

또 누가 우리처럼
부지런하지?

보기 꿀벌

외계인들은 개미와 똑같은 모습으로 변신한 다음
개미들이 지나다니는 길목을 지켰어.
그때 개미 한 마리가 다가와
외계인들을 향해 더듬이를 대더니 말했어.
"우리와 냄새가 다른 것 같은데, 어디 *소속이지?"
"으응? 땀을 많이 흘려서 그럴 거야."
"덥다고 *빈둥거리지 말고 어서 빵을 날라."

* 소속: 일정한 무리에 딸림.
* 빈둥거리다: 아무 일도 하지 않고 자꾸 게으름을 피우며 놀기만 하다.

언어 개미가 외계인들을 이상하게 생각한 까닭은 무엇인가요?

( )

① 냄새가 달라서
② 생김새가 달라서
③ 일을 너무 열심히 해서

과학 탐구 개미는 어디로 냄새를 맡는지 알맞은 것에 색칠하세요.

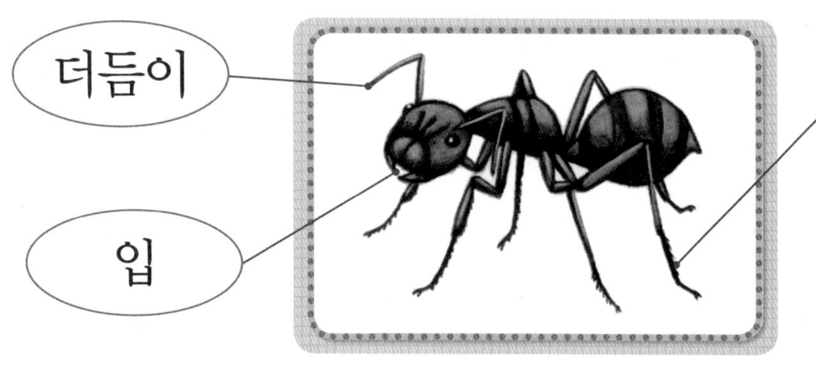
더듬이
다리
입

3주 1일
학습 끝!
붙임 딱지 붙여요.

논술 놀기 좋아하는 베짱이가 개미에게 빈둥거리지 말라는 말을 들었다면 어떻게 대답했을지 상상해서 써 보세요.

덥다고
빈둥거리지 말고
어서 일해!

그때 어디선가 *비명이 들렸어.
개미들은 빵 조각을 옮기다 말고
나뭇가지 위로 우르르 몰려갔지.
개미들을 따라간 외계인들은 깜짝 놀랐어.
개미들이 *진딧물을 공격하는 무당벌레를 향해
용감하게 달려드는 거야.
"뭐야? 왜 남의 싸움에 끼어드는 거지?"
외계인들은 개미들을 이해할 수 없었어.

비명: 매우 급하거나 무서울 때 지르는 소리.
진딧물: 풀이나 나무의 잎 또는 가지에 붙어서 진을 빨아 먹고 사는 곤충.

언어 개미들이 빵 조각을 옮기다 말고 달려가 도와준 것은 무엇인지 찾아 줄로 이으세요.

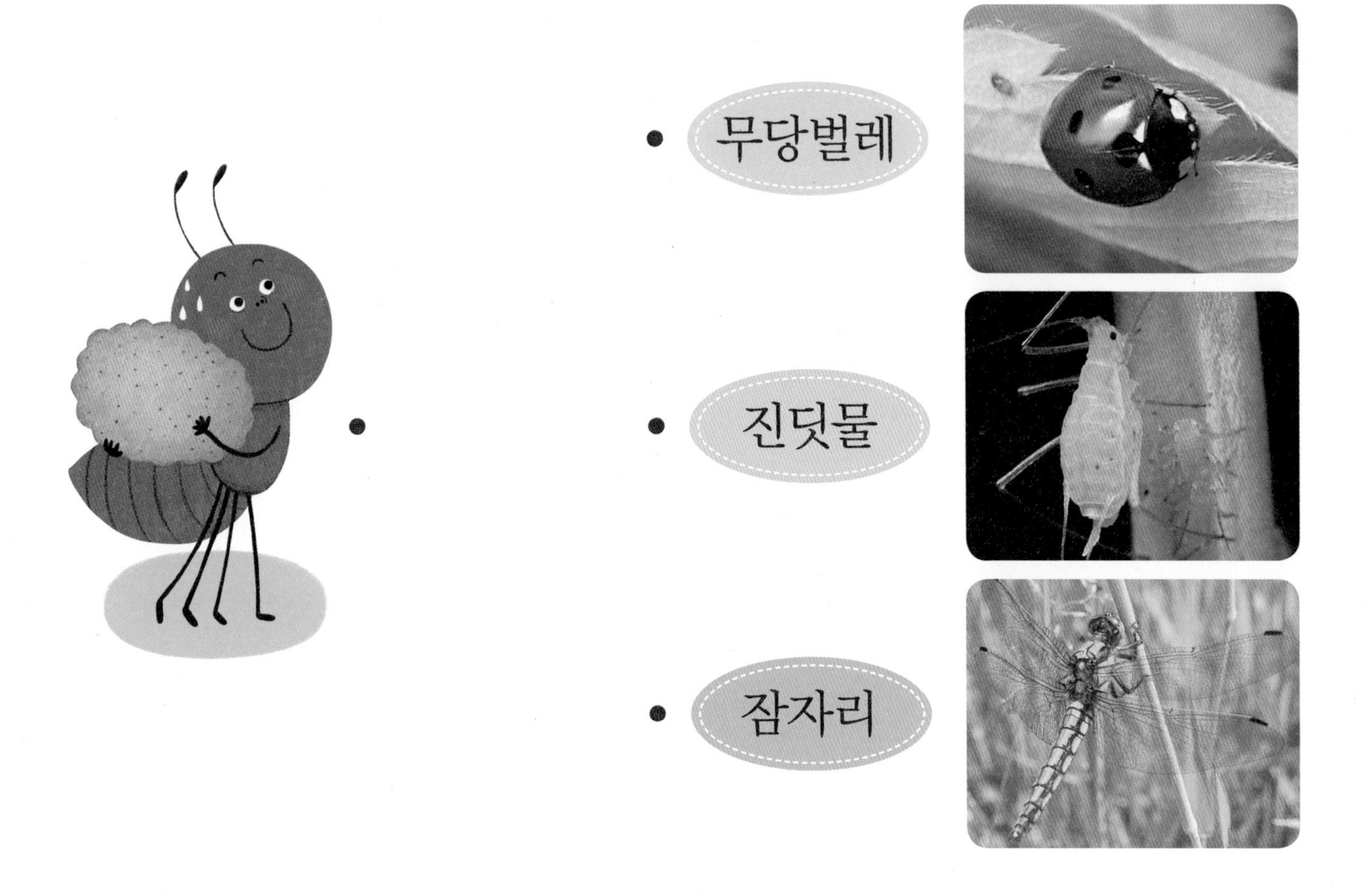

예체능 무당벌레의 딱딱한 겉날개에는 검은 점무늬가 있어요. 여러분이 무당벌레에게 새 옷을 입혀 준다면 어떤 무늬가 좋을지 마음대로 그려 보세요.

개미들이 무당벌레를 쫓아내자 진딧물은
고맙다며 꽁무니에서 단물을 내어 주었어.
"냠냠, 맛있다! 너희들도 이리 와서 먹어."
한 개미가 외계인들을 보고 말했어.
"음, 개미들은 남을 도울 줄도 아는군.
저 녀석들을 좀 더 알아보자."

과학 탐구 진딧물이 개미들에게 꽁무니에서 내어 준 것은 무엇인지 찾아 색칠하세요.

짠물

단물

맹물

과학 탐구 진딧물과 개미처럼 서로 돕고 사는 동물끼리 묶인 것을 찾아 ○표 하세요.

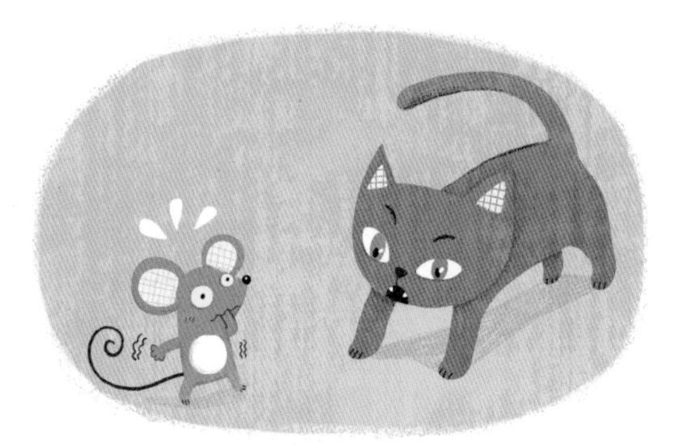

쥐와 고양이

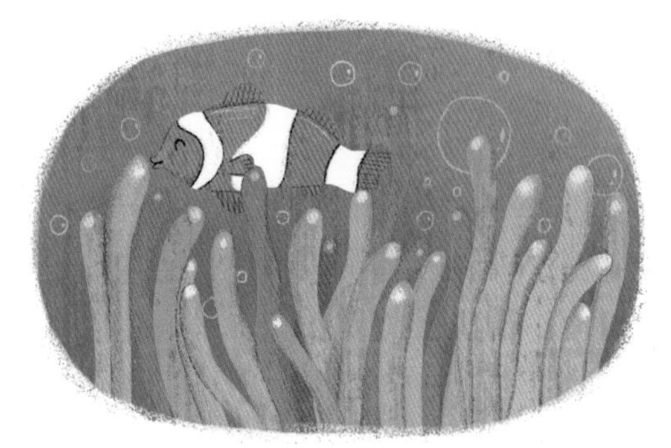

흰동가리와 말미잘

논술 개미들은 위험에 빠진 진딧물을 도와주었어요. 여러분도 남을 도운 적이 있나요? 있다면 보기 와 같이 써 보세요.

보기
다리를 다친
친구의 가방을
들어 주었어요.

그때 한 무리의 개미들이 어디론가 몰려갔어.

"우리도 따라가자."

그곳에는 커다란 도마뱀이 죽은 채 뒤집혀 있었지.

"힘을 내! 우리는 할 수 있어!"

개미들은 '영차, 영차!' 외치며

자기 몸의 수십 배나 되는 도마뱀을 들어 옮기기 시작했어.

"세상에! 저렇게 *협동심이 강한 생물은 처음 보는군."

* **협동심**: 마음과 힘을 서로 합하려는 마음.

언어 개미들이 힘을 합쳐 옮긴 먹이는 무엇인지 찾아 ◯표 하세요.

도마뱀

케이크

나뭇잎

사과

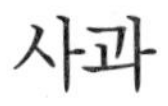

논술 혼자 하기 힘든 일도 여럿이 힘을 모으면 쉽게 할 수 있어요. 여러분이 힘을 모아 했던 일은 무엇인지 써 보세요.

보기

동생과 함께
장난감을 정리했어요.

개미들은 도마뱀을 들고 땅속 구멍으로 쏙 들어갔지.
"여기가 개미들이 사는 곳인가 봐.
그런데 땅속에서 살면 답답하지 않을까?"
외계인들은 주위를 둘러보았어.
그런데 집 밖으로 난 구멍으로
시원한 바람이 통하는 게 아니겠어?
"음, 개미들은 부지런한 데다 똑똑하기까지 하군."

과학 탐구 개미처럼 땅속에서 사는 동물을 찾아 ○표 하세요.

지렁이

독수리

거북

언어 외계인들은 개미를 어떻게 생각하나요? 알맞은 것을 모두 찾아 색칠하세요.

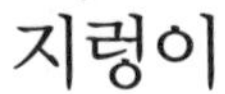

부지런해요.

똑똑해요.

게을러요.

논술 개미들처럼 먹이를 미리미리 모아 두면 어떤 점이 좋을까요? 여러분이 개미가 되어 말해 보세요.

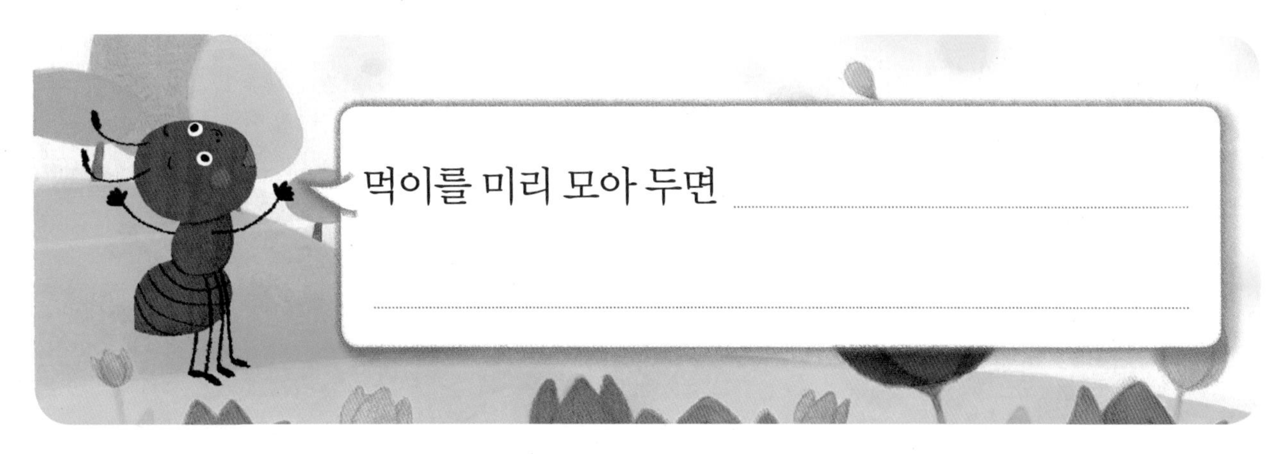
먹이를 미리 모아 두면

신기한 듯 집 안을 둘러보는 외계인들을 향해
일개미 대장이 소리쳤어.
“너희들은 왜 일을 하지 않는 거냐?
어서 여왕님이 낳은 알들을 알 방으로 옮겨라!”
그러고 보니 개미들은 저마다 맡은 일을 하고 있었어.
알을 나르는 개미, 여왕개미를 보살피는 개미,
애벌레를 보살피는 개미 등 일을 나누어서
척척 해내고 있었지.

과학 탐구 개미 알은 누가 낳은 것인지 찾아 ○표 하세요.

여왕개미

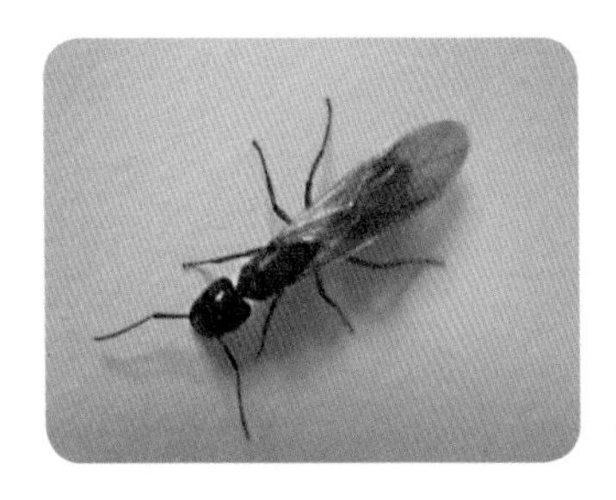

수개미

과학 탐구 개미처럼 우리 주변에서 흔히 볼 수 있는 동물로 알맞지 않은 것에 ×표 하세요.

상어

개

고양이

논술 개미들은 저마다 맡은 일을 하면서 살아가요. 여러분이 집에서 맡은 일은 무엇인지 써 보세요.

일개미들은 알이 덥지 않도록 이리저리 옮겨 주고,
어린 개미들이 잘 나오도록 고치*를 찢어 주기도 했어.
외계인들은 일개미들의 정성*에 감동을 받았지.
"알이 애벌레가 되고, 애벌레가 고치가 되고,
고치에서 개미가 나올 때까지
많은 손길이 필요하구나."
개미들의 생활은 정말 신기하고 놀라웠어.

* 고치: 벌레가 실을 내어 지은 집.
* 정성: 온갖 힘을 다하려는 참되고 성실한 마음.

언어 외계인들이 개미를 보고 감동을 받은 까닭으로 알맞은 것에 ○표 하세요.

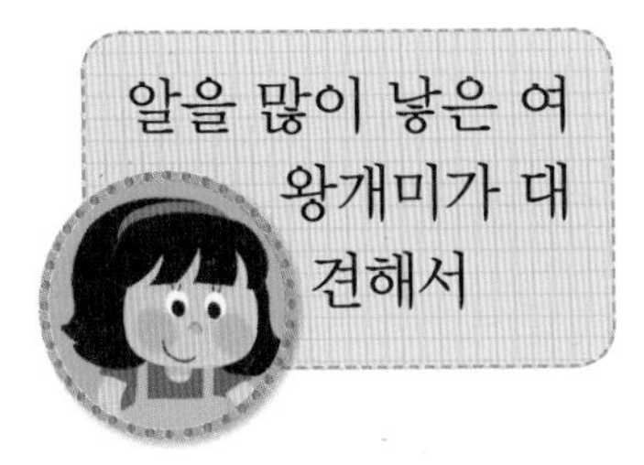
알을 많이 낳은 여왕개미가 대견해서

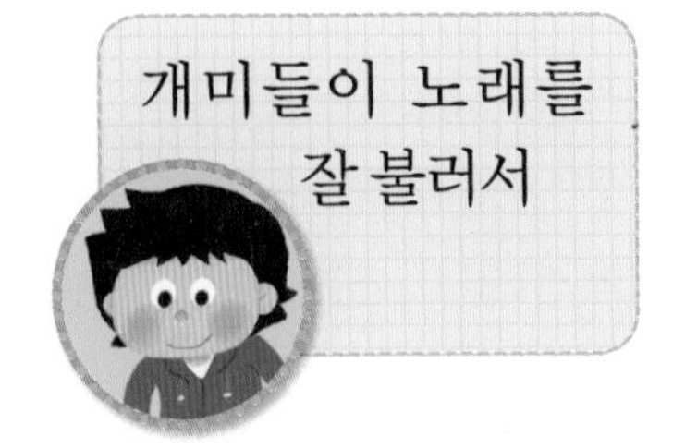
개미들이 노래를 잘 불러서

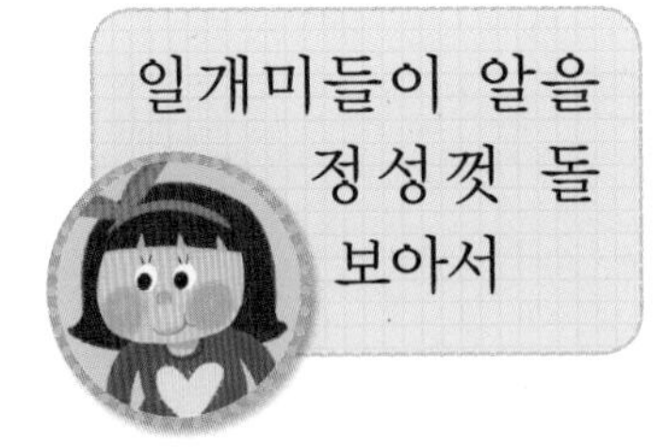
일개미들이 알을 정성껏 돌보아서

예체능 개미는 '알 → 애벌레 → 고치 → 개미'의 과정을 거치면서 자라요. 여러분은 어떤가요? 태어나서 지금까지 자라 온 모습을 사진을 붙여 정리해 보세요.

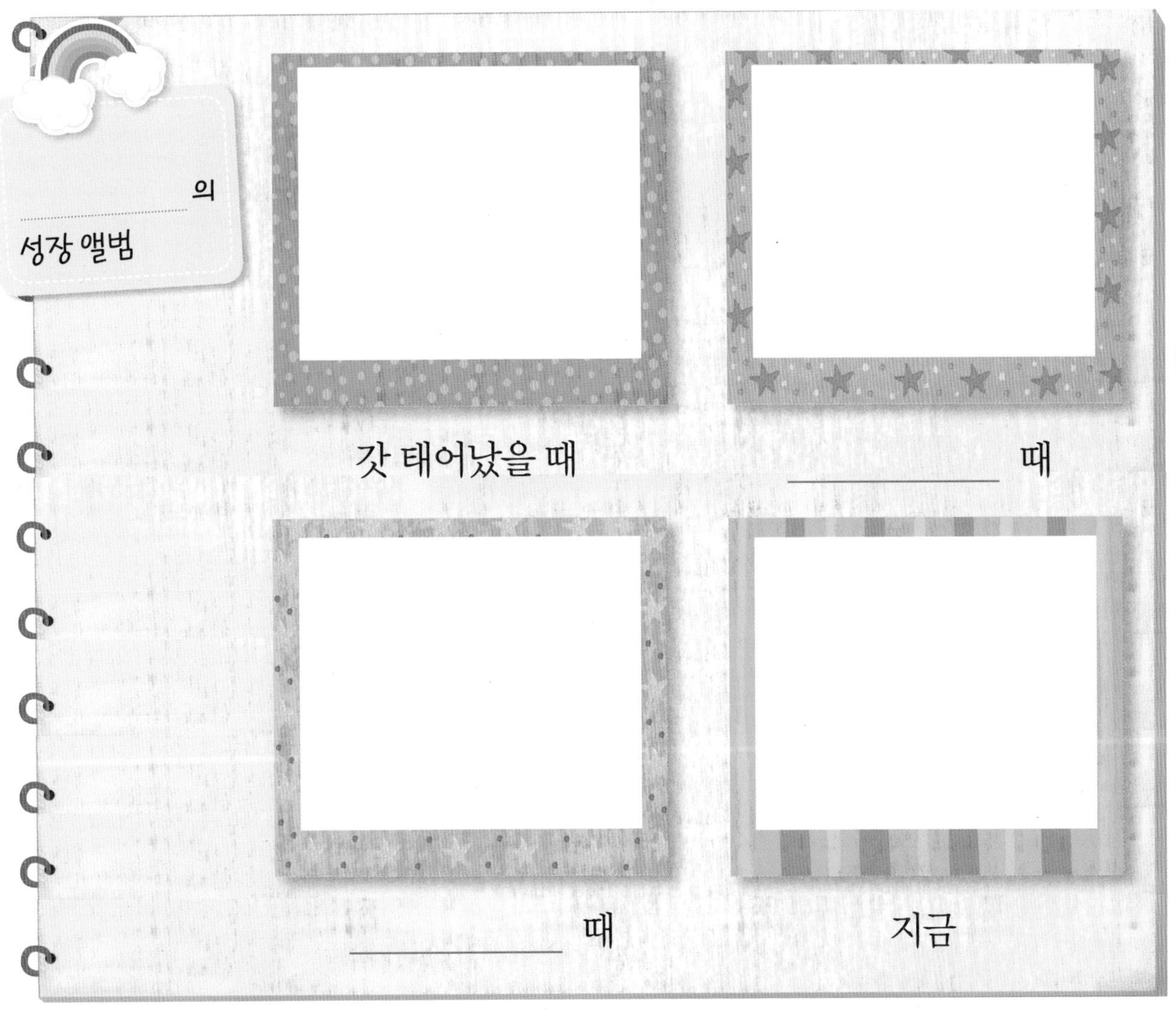
의
성장 앨범
갓 태어났을 때
때
때
지금

3주 3일
학습 끝!
붙임 딱지 붙여요.

그때 개미 한 마리가 뛰어오며 소리쳤어.

"불개미들이 쳐들어온다!"

그러자 곳곳에 흩어져 있던 병정개미들이 몰려나와

개미굴 입구를 지키는 거야.

"와, 정말 빠르다!"

"그래. 자신들을 지키는 일에도 매우 뛰어난 것 같아."

외계인들은 또 한 번 감동을 받았어.

* **병정개미**: 적과 싸우는 임무를 맡은 일개미.

언어 불개미들이 쳐들어오지 못하도록 개미굴 입구를 지킨 것은 어떤 개미인지 찾아 색칠하세요.

여왕개미

병정개미

사회 탐구 우리가 사는 세상에서 병정개미와 같은 역할을 하는 사람은 누구인지 찾아 ◯표 하세요.

소방관

군인

선생님

논술 여러분이 여왕개미가 되어 개미 왕국을 지키는 병정개미를 칭찬하는 말을 해 보세요.

외계인들이 음식 창고를 엿보려고 할 때였어.
"잠시 후 공주 개미의 결혼식이 열리니
수개미들은 준비하시오!"
공주 개미는 *짝짓기를 하기 위해 하늘로 날아올랐어.
수개미들도 공주 개미를 따라갔지.
끝까지 따라온 수개미와 짝짓기를 마친 공주 개미는
홀로 집을 떠나 이사를 갔어.
외계인들은 그 모습을 보고 깜짝 놀랐어.

"자손을 퍼뜨리는 방법도 지혜롭군."

※ **짝짓기**: 동물의 암컷과 수컷이 짝을 이루는 일.

언어 공주 개미와 수개미들이 하늘로 날아오른 까닭으로 알맞은 것에 ○표 하세요.

하늘에서 짝짓기를 하기 위해서

적과 전쟁을 하기 위해서

외계인을 피하기 위해서

과학탐구 개미들은 저마다 맡은 일이 있어요. 수개미가 맡은 일은 무엇인지 찾아 □ 안에 ✓표 하세요.

- 짝짓기 □
- 알 낳기 □
- 알 돌보기 □

논술 외계인은 개미를 지혜롭다고 칭찬했어요. 여러분은 개미의 어떤 점을 칭찬하고 싶은지 써 보세요.

보기
지혜로운 점

외계인들은 비행접시로 돌아와 대장에게 말했어.
"우리 별에서는 이렇게 *단체 생활을
훌륭하게 해내는 생물을 본 적이 없습니다."
"우리가 *섣불리 지구를 공격한다면
저들에게 당하고 말 것입니다."
외계인 대장은 얼굴이 시퍼렇게 질려 소리쳤어.
"공격은 없던 일로! 들키기 전에 어서 도망가자!"

* **단체**: 여럿이 모여서 이룬 무리.
* **섣불리**: 솜씨가 서투르고 어설프게.

외계인들이 도망간 까닭으로 알맞은 것에 색칠하세요.

개미에 대한 설명으로 맞으면 ○표, 틀리면 ×표 하세요.

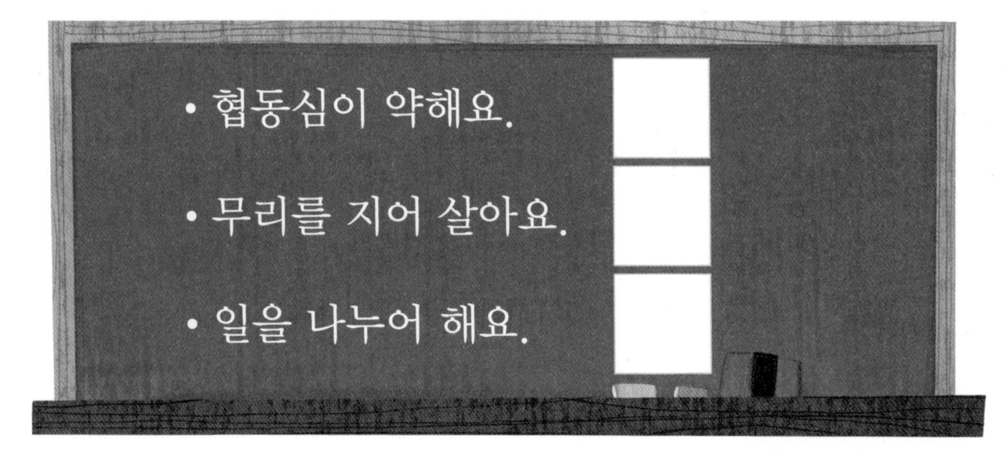

• 협동심이 약해요.
• 무리를 지어 살아요.
• 일을 나누어 해요.

3주 4일
학습 끝!

붙임 딱지 붙여요.

논술 자기 별로 돌아간 외계인들은 그 뒤 어떻게 되었을지 상상하여 써 보세요.

보기 개미와 같은 생물을 만들기 위해 연구했을 거예요.

3주 05

되돌아봐요

| '개미 때문에, 안 돼~!'를 잘 읽었나요? 그림을 잘 보고, 누가 하는 일인지 붙임 딱지에서 찾아 ?에 붙이세요.

?

먹이를 날라요.

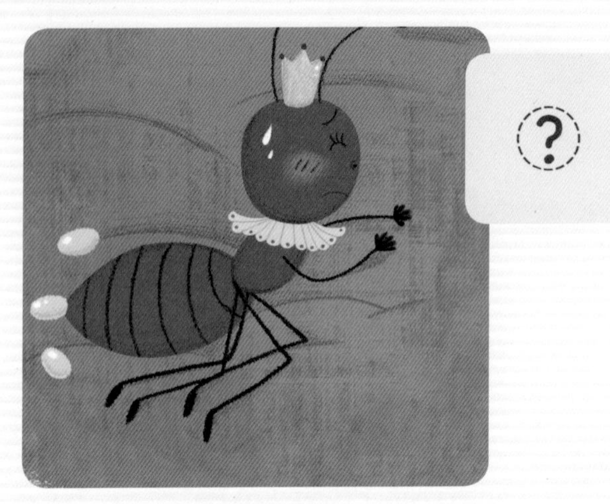

?

알을 낳아요.

?

알을 옮겨요.

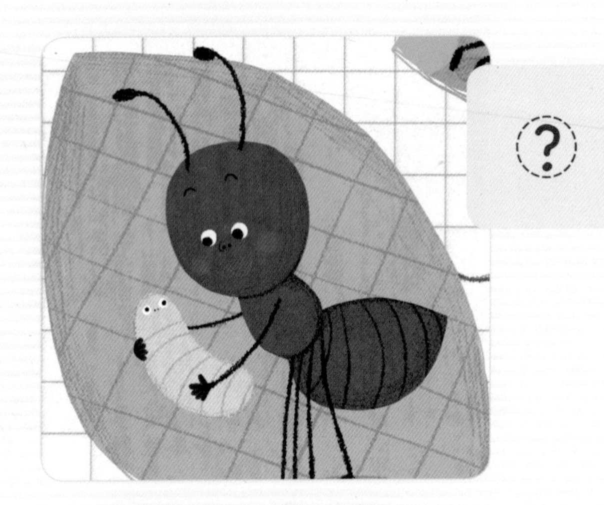

?

애벌레를 돌보아요.

?

공주 개미와 짝짓기를 해요.

?

개미굴을 지켜요.

2 사진을 보고 개미가 자라는 순서대로 ☐ 안에 번호를 쓰세요.

고치 / 개미 / 애벌레 / 알

3 개미에 대한 다섯고개를 하려고 해요. 각 질문에 알맞은 답을 (　) 안에서 찾아 ○표 하세요.

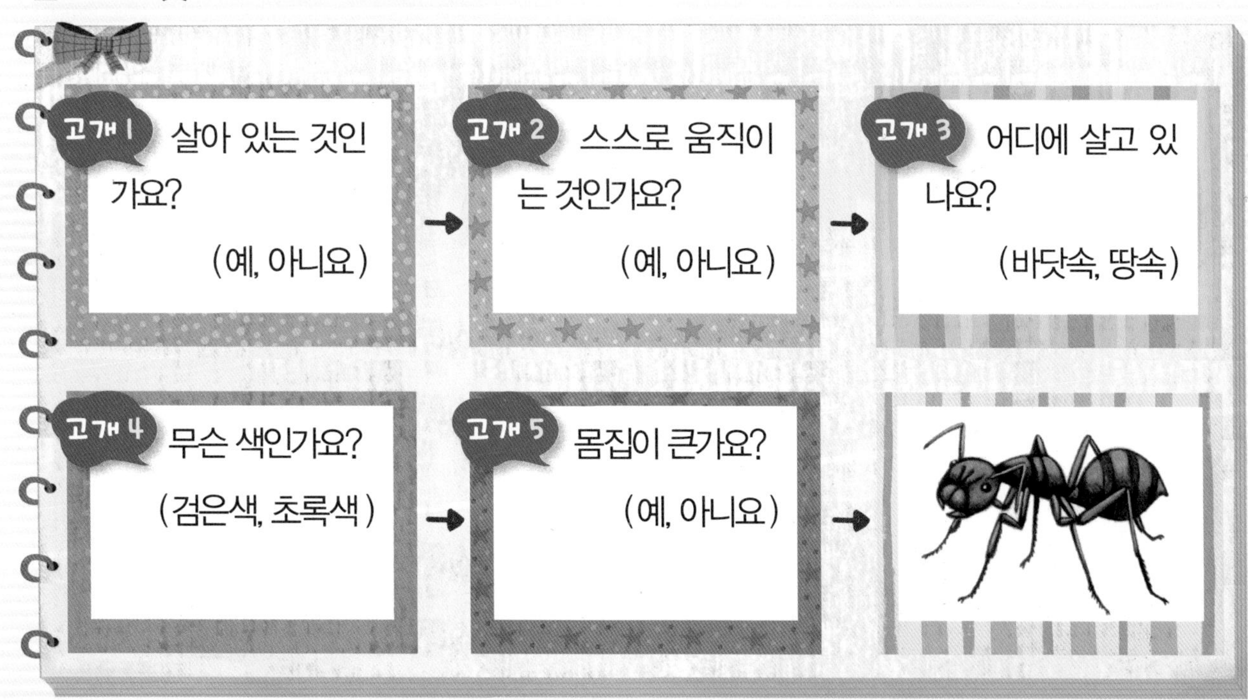

고개 1 살아 있는 것인가요?
(예, 아니요)
고개 2 스스로 움직이는 것인가요?
(예, 아니요)
고개 3 어디에 살고 있나요?
(바닷속, 땅속)
고개 4 무슨 색인가요?
(검은색, 초록색)
고개 5 몸집이 큰가요?
(예, 아니요)

동물의 이름을 바르게 쓴 것에 ○표 하세요.

개미

게미

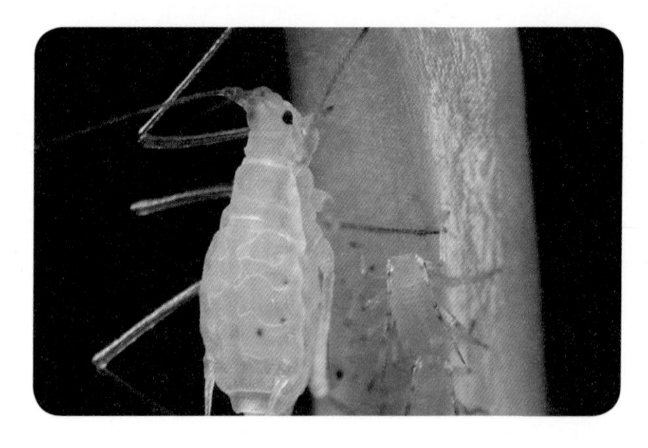

진딘물

진딧물

무당벌레

무당벌래

도마벰

도마뱀

2 빈칸에 들어갈 가장 알맞은 낱말을 보기 에서 찾아 쓰세요.

보기	우르르	따르릉	냠냠	땡땡	영차 영차

개미들이 ______________

무거운 것을 날라요.

개미들이 ______________

먹이를 향해 모여들어요.

개미가 ______________

맛있게 단물을 먹어요.

개미집을 꾸며요

개미는 어디에서 사나요? 손가락 끝에 물감을 찍어서 개미집 안에 개미가 살게 예쁘게 꾸며 보세요.

보기

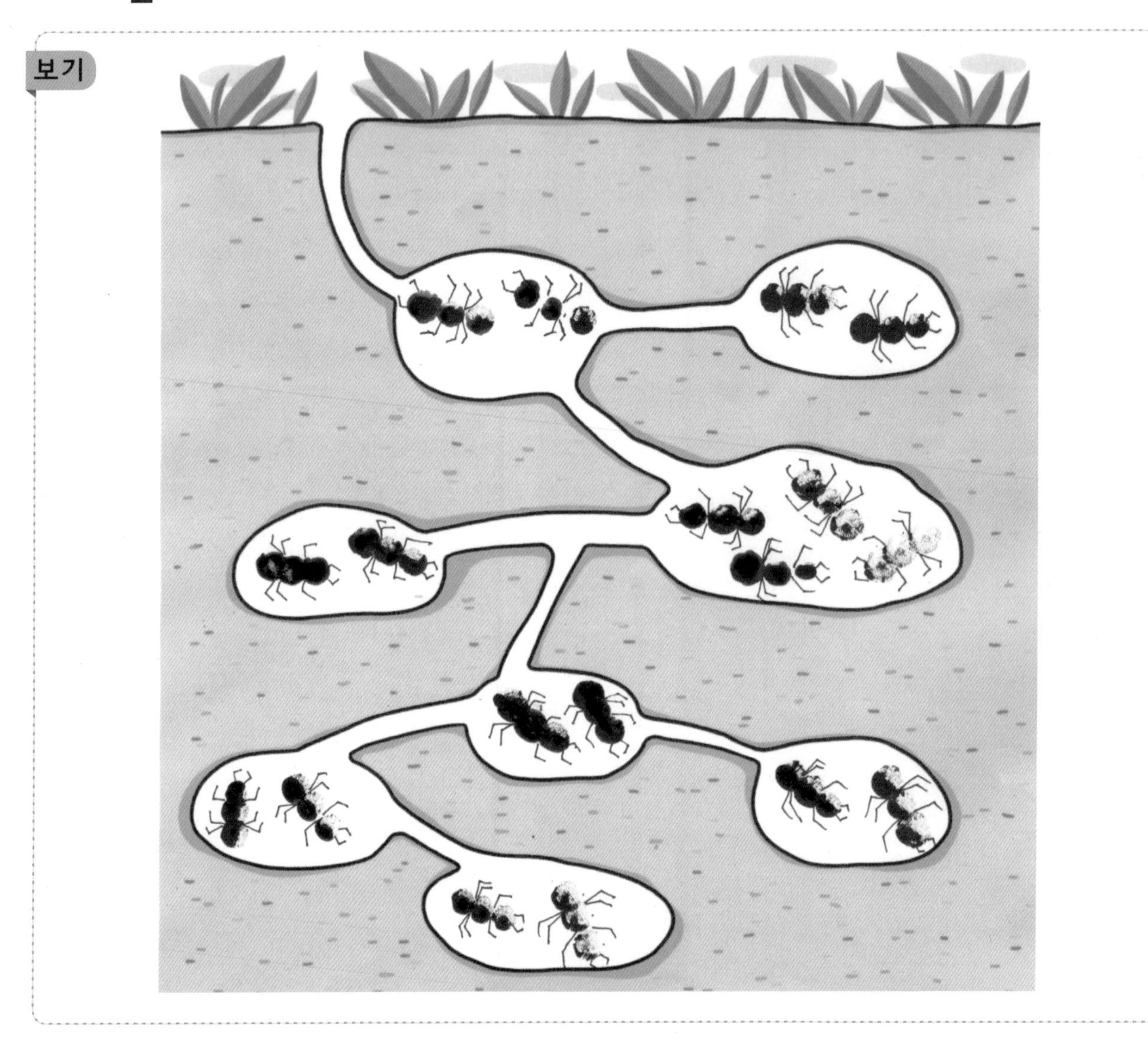

확인할 내용	잘함	보통임	부족함
1. 이번 주 학습을 5일(월요일~금요일) 안에 끝마쳤나요?			
2. 개미들의 생활을 잘 이해하였나요?			
3. 개미의 종류와 역할을 이해하였나요?			
4. 개미집을 예쁘게 꾸밀 수 있나요?			

붙임 딱지 붙여요.

4주

색깔아, 모양아! 여기 모여라!

생각톡톡 여러분이 가장 좋아하는 색깔은 무엇인가요?

관련교과 [국어 3-2] 표현의 재미를 살려 시 읽기
[수학 2-1] 여러 가지 도형 그리기

4주

01 제자리에 치우자

작사 · 작곡 김현수

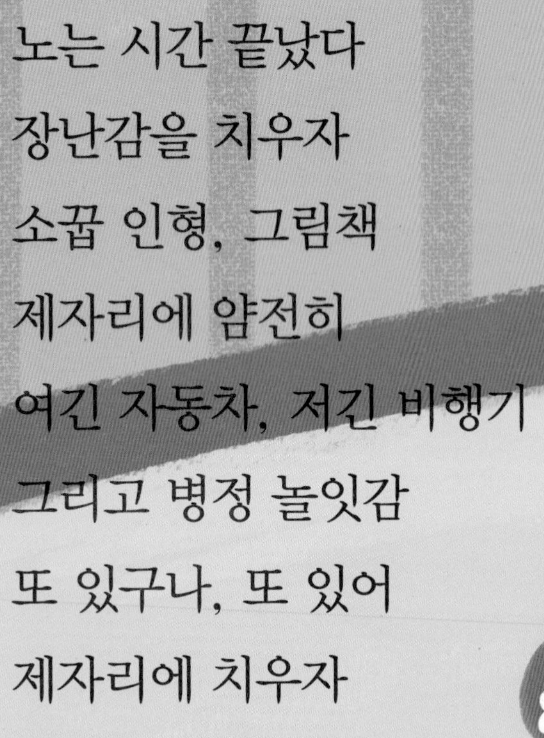

노는 시간 끝났다
장난감을 치우자
소꿉 인형, 그림책
제자리에 얌전히
여긴 자동차, 저긴 비행기
그리고 병정 놀잇감
또 있구나, 또 있어
제자리에 치우자

언어 이 노래에서 노는 시간이 끝나고 친구들이 한 일을 붙임 딱지에서 찾아 붙이세요.

수리 탐구 장난감을 정리하려고 해요. 아래 물건들은 어느 정리함에 담으면 좋을지 찾아 줄로 이으세요.

자동차 상자

로봇 상자

인형 바구니

책꽂이

4주 01 색깔 놀이

전래 동요

우리 모두 다 같이 모여 모여 색깔 놀이 해 보자
빨강은 어디에 파랑은 어디 노랑은 어디 있나

우리 모두 다 같이 모여 모여 색깔 놀이 해 보자
빛깔을 부르면 두 사람만 움직이면 되지요
움직이면 되지요
빨강 앉아 파랑 앉아 초록 앉아요
빨강 일어나 파랑 일어나 노랑 초록 일어나
빨강 귀 잡아 노랑 흔들어 파랑 초록 앉아요
초록 앉아 파랑 앉아 초록 파랑 일어나

수리 탐구 이 노래에서 빛깔을 부르면 몇 사람이 움직인다고 하였나요? 움직이는 사람의 수를 숫자로 알맞게 나타낸 것에 ○표 하세요.

예체능 이 노래 속에 들어 있는 행동으로 알맞지 않은 것에 ×표 하세요.

귀 잡기

앉기

손들기

논술 이 노래에서 어떤 빛깔을 불렀을 때 귀를 잡게 되나요? 보기 에서 찾아 빈칸에 써 보세요.

보기

파랑 초록 노랑 빨강

□□을 불렀을 때 귀를 잡게 되어요.

4주 01 미술 시간

작사 이소현 / 작곡 안갑상

하하 호호 시끌벅적 미술 시간 시끄럽긴 하지만
하하 호호 시끌벅적 미술 시간 재미있어요
빨주노초파남보 아름다운 무지개 생기고
탐스러운 빨간 사과 주렁주렁 열리네
하하 호호 시끌벅적 미술 시간 우리들은 마술사
하하 호호 시끌벅적 미술 시간 우리들 세상

사회 탐구 이 노래 속의 미술 시간과 같이 시끄러운 장소를 찾아 ○표 하세요.

시장

도서관

예체능 아름다운 무지개와 탐스러운 사과를 직접 그려 보세요.

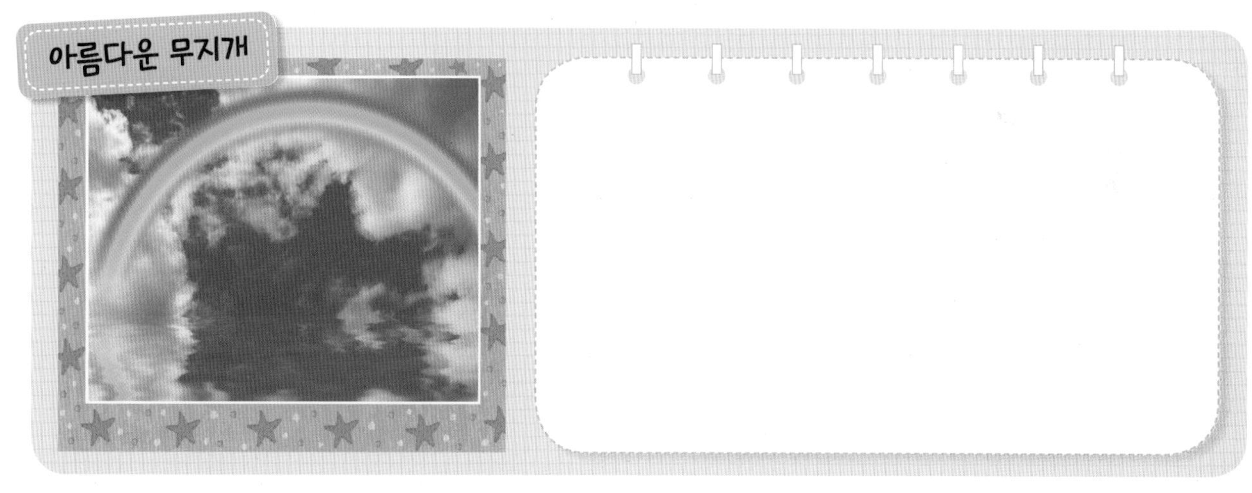

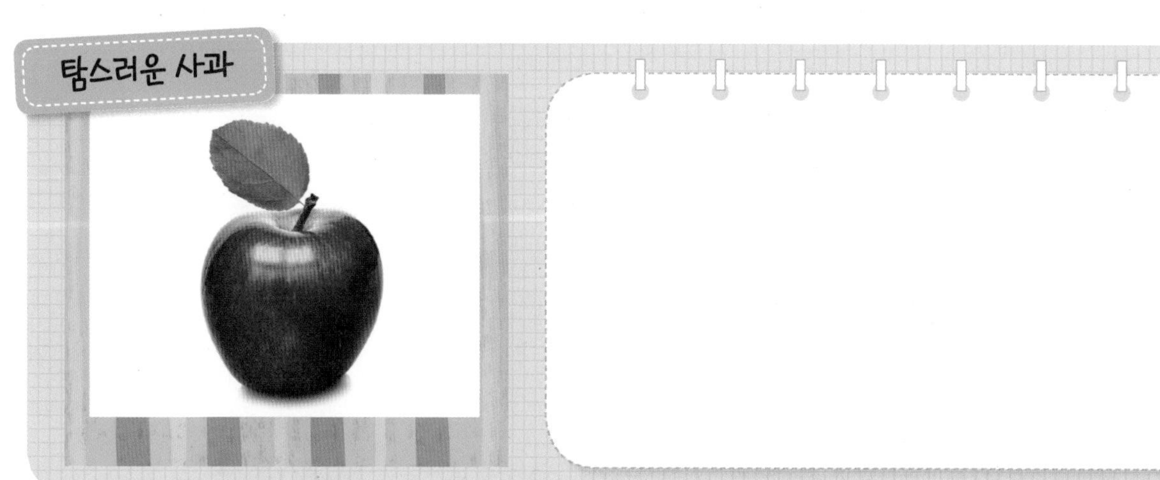

4주 1일 학습 끝!

붙임 딱지 붙여요.

4주

02 노란색아, 모여라!

해바라기(고흐, 1888년)

친구들, 고흐라는 화가를 아니? 고흐는 노란 해바라기를 많이 그렸어. 그래서 '태양의 화가'라고도 불리지. 고흐는 노란색이 희망과 기쁨을 뜻한다고 여겼어. 그래서 그림을 그릴 때 노란색을 많이 사용했단다. 이 작품은 노란색의 진하고 옅은 정도에 따라 해바라기를 다양하게 표현했어. 활짝 핀 꽃, 시든 꽃, 큰 꽃, 작은 꽃 등 꽃 모양도 가지가지란다. 자, 눈을 크게 뜨고 무엇이 어떻게 다른지 잘 살펴보렴.

예체능 이 그림에 가장 많이 쓰인 색깔에 ○표 하세요.

예체능 왼쪽 해바라기 사진을 보고, 색종이를 오려 붙여서 해바라기의 모습을 완성해 보세요.

02 빨강, 파랑, 노랑

빨강, 파랑, 노랑의 구성(몬드리안, 1930년)

어디서 많이 본 듯한 그림이라고? 몬드리안이라는 화가가 그린 '빨강, 파랑, 노랑의 구성'이라는 작품이야. 그림이 참 단순하지? 사용된 색깔도 간단하고. 몬드리안은 이렇게 가로와 세로의 선들과 빨강, 파랑, 노랑의 간단한 색만으로 사물을 나타낼 수 있다고 생각했대. 그래서 이 그림이 더 특별해 보이나 봐.

이 그림에 쓰인 색깔을 모두 찾아 색칠하세요.

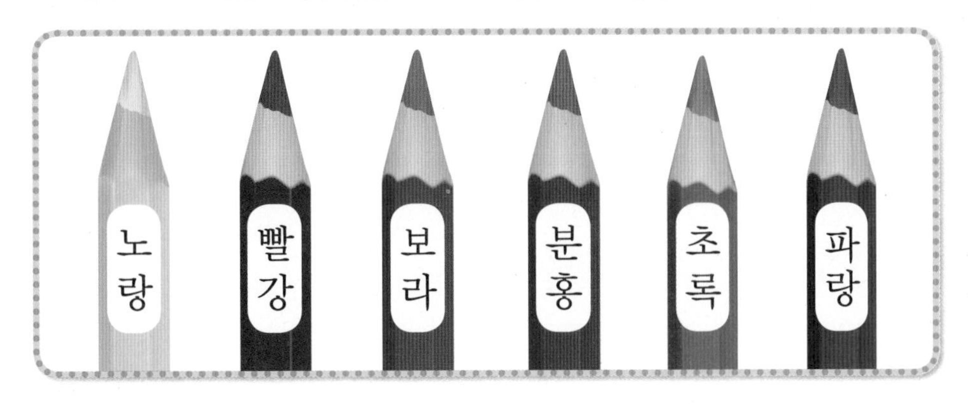

이 그림과 닮은꼴인 창문을 찾아 ○표 하세요.

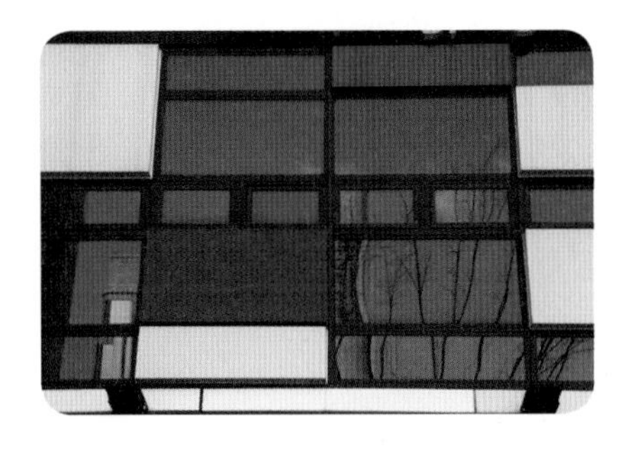

예체능 이 그림을 여러분이 좋아하는 색으로 칠해 보세요.

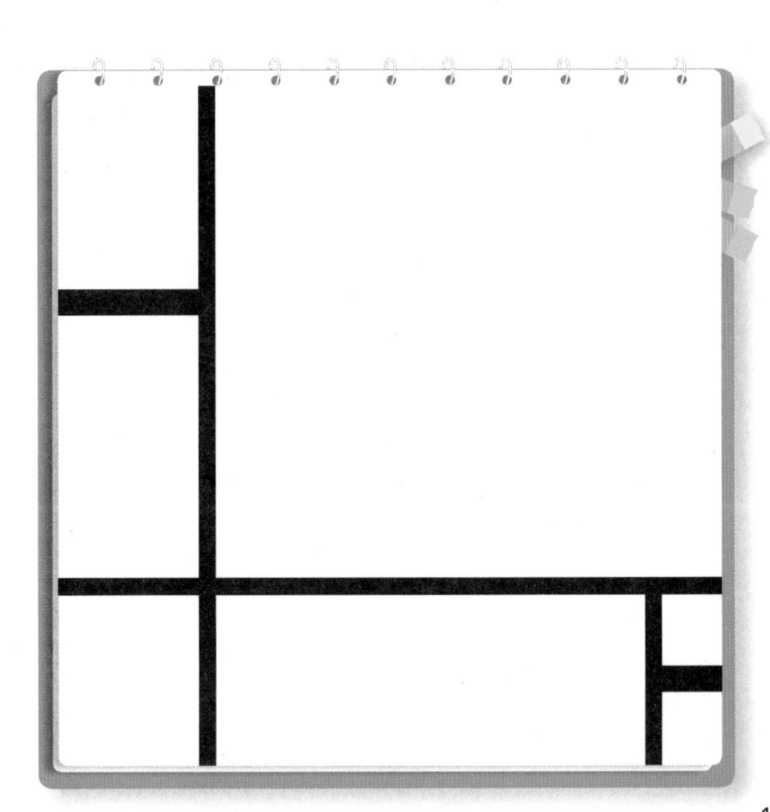

02 나만의 색깔 책을 만들어요

빨강, 주황, 노랑, 초록 등
세상에는 여러 가지 색깔이 있어요.
이렇게 다양한 색깔들을 한자리에 모은다면
알록달록, 울긋불긋 정말 재미있을 거예요.
날짜가 지나 못 쓰게 된 달력에
여러 가지 그림들을 색깔별로 붙여 보세요.
나만의 멋진 색깔 책이 된답니다.

★준비됐나요?
하얀 도화지, 잡지, 크레파스나 사인펜(12색), 작은 달력(탁상용), 가위, 풀

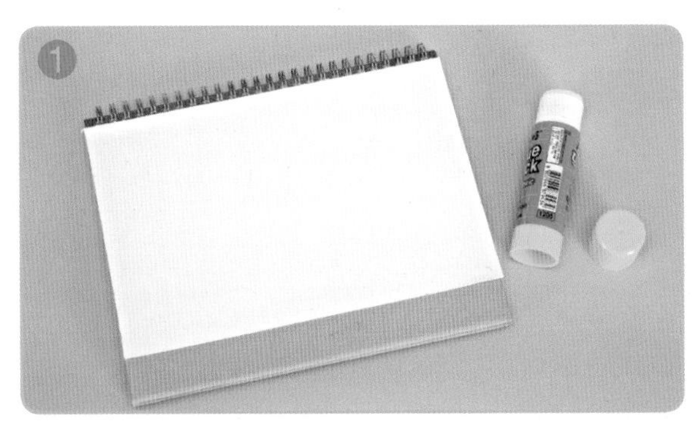

하얀 도화지를 적당한 크기로 잘라 달력의 모든 쪽에 풀로 붙여요.

달력의 첫 장에 크레파스나 사인펜으로 색깔 책의 제목을 크게 써넣어요.

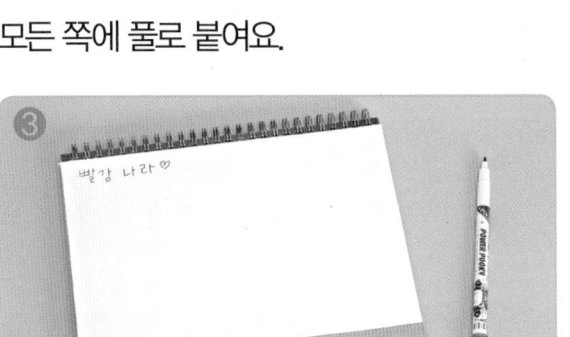

한 장씩 넘기면서 크레파스나 사인펜에 있는 열두 가지 색의 이름을 각각 써요.

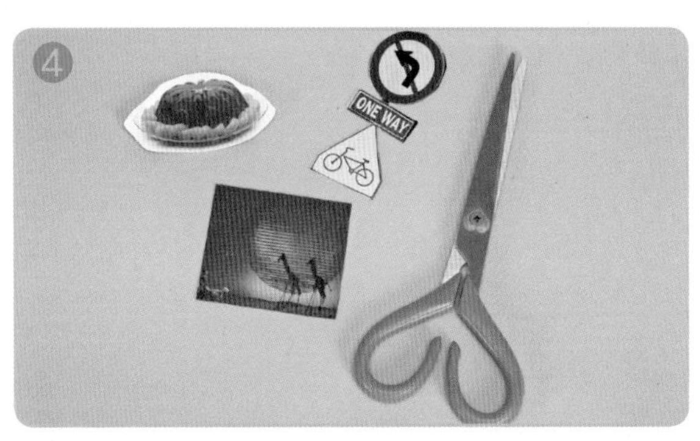

잡지에서 각 색깔이 있는 그림을 오려 색깔별로 모아 놓아요.

모아 놓은 그림들을 달력에 색깔별로 각각 붙여요.

완성된 색깔 책을 한 장씩 넘겨 보면서 어떤 색깔이 가장 많이 모였는지 살펴보아요.

붙임 딱지 붙여요.

여러분이 가장 많이 찾은 색깔은 무엇인지 써 보세요.

가장 많이 찾은 색깔은 ______________ 이에요.

똑같아요

작사 윤석중 / 외국 곡

무엇이 무엇이 똑같은가
젓가락 두 짝이 똑같아요

무엇이 무엇이 똑같은가
윷가락 네 짝이 똑같아요

수리 탐구 **이 노래에서 똑같다고 한 것의 개수를 찾아 줄로 이으세요.**

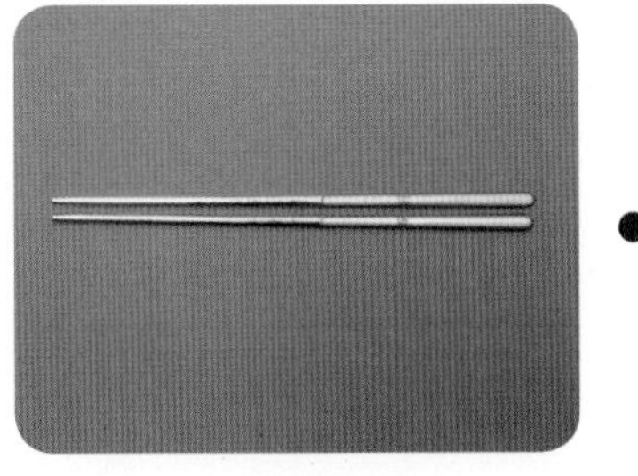

젓가락

두 짝

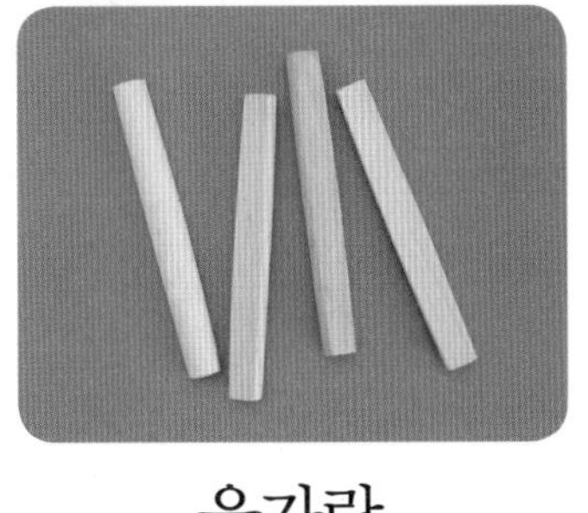

윷가락

네 짝

예체능 **똑같은 것에는 또 무엇이 있을까요? 빈칸에 알맞은 말을 넣어 노랫말을 바꾸어 불러 보세요.**

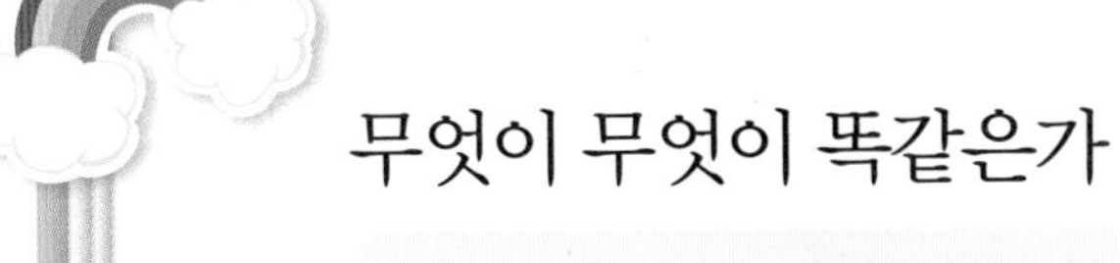

무엇이 무엇이 똑같은가

? (이)가 똑같아요

무엇이 무엇이 똑같은가

? (이)가 똑같아요

4주

03 모양 놀이

작사 · 작곡 미상

동그란 것 동그란 것 동그란 것 뭐가 있을까
거울 속의 내 얼굴 동글 동그랗지
동그란 것 동그란 것 동그란 것 뭐가 있을까
데굴데굴 바퀴가 동글 동그랗지
세모난 것 세모난 것 세모난 것 뭐가 있을까
할머니 집 지붕이 세모 세모나지
세모난 것 세모난 것 세모난 것 뭐가 있을까
찰랑찰랑 트라이앵글 세모 세모나지
네모난 것 네모난 것 네모난 것 뭐가 있을까
우리 집의 창문이 네모 네모나지
네모난 것 네모난 것 네모난 것 뭐가 있을까
알록달록 그림책 네모 네모나지

동그라미, 세모, 네모를 점선을 따라 번호 순서대로 그리세요.

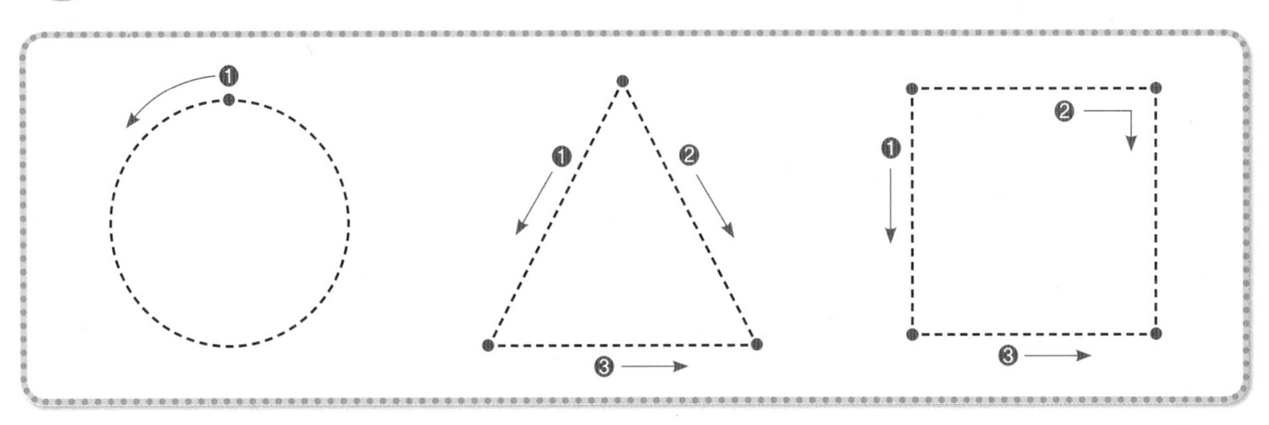

수리 탐구

동그라미, 세모, 네모인 물건을 각각 찾아 같은 모양끼리 선으로 묶으세요.

4주

03 동그라미, 세모, 네모

생명의 나무(클림트, 1905~1909년)

이 그림은 클림트라는 화가가 그린 '생명의 나무'라는 작품이야. 황금빛으로 빛나는 그림 속에서 화려하게 차려입은 사람들의 모습을 자세히 살펴보렴. 그 속에 숨어 있는 동그라미, 세모, 네모가 보이지? 이렇게 다양한 모양들이 모여서 그림을 더욱 아름답게 꾸며 주는 것 같아.

언어 이 그림 속에 숨어 있는 모양과 관계있는 낱말을 찾아 줄로 이으세요.

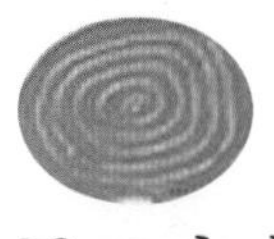
동그라미

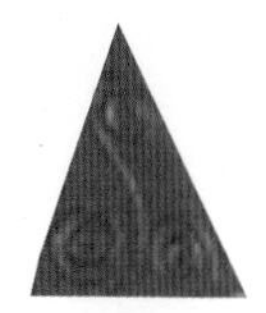
세모

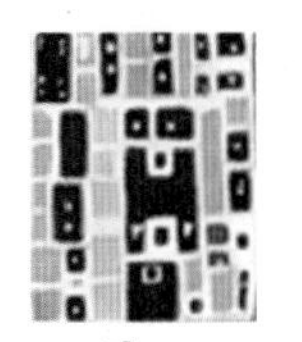
네모

반듯반듯

뾰족뾰족

동글동글

예체능 생명의 나무에 무엇이 열리면 좋을까요? 동그라미, 세모, 네모를 이용해서 여러분만의 멋진 생명의 나무를 꾸며 보세요.

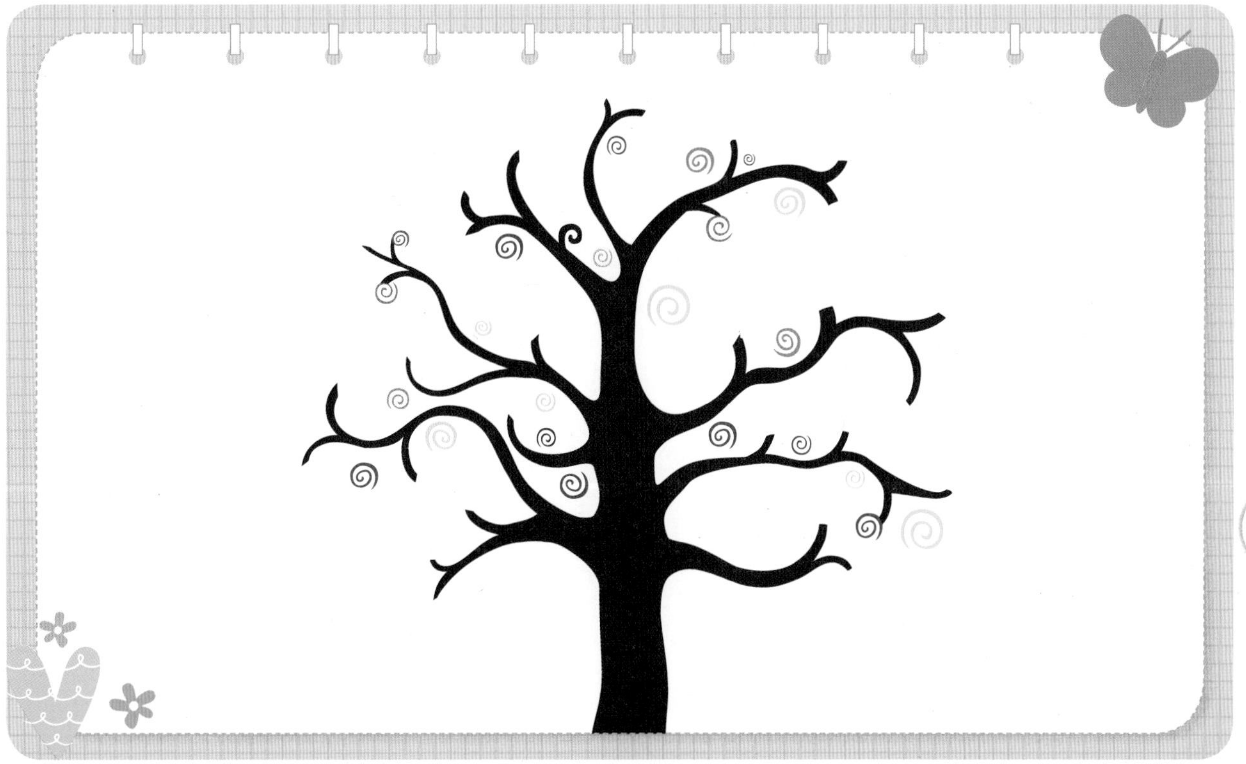

붙임 딱지 붙여요.

함께 춤을 추어요

연속(칸딘스키, 1935년)

책장 위의 먼지벌레들이 춤추는 것 같다고? 칸딘스키라는 화가가 그린 그림이야. 이 그림에는 점과 선 그리고 색깔이 칠해진 면들이 자유롭게 표현되어 있어. 신나는 음악에 맞추어 흥겹게 춤을 추고 있는 것 같지? 무슨 좋은 일이 있나 봐. 너희들도 음악에 맞추어 신나게 춤을 추어 보렴.

수리 탐구 이 그림은 점, 선, 면으로 이루어져 있어요. 각 부분은 무엇에 해당하는지 찾아 줄로 이으세요.

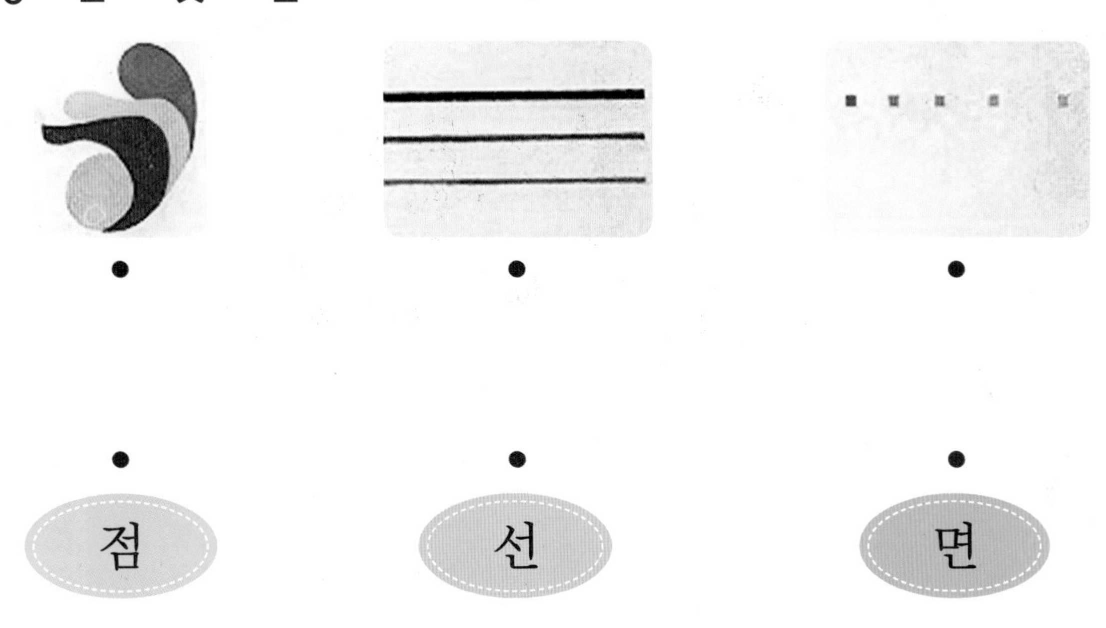

예체능 신나는 동요를 들으면서 그 느낌을 점, 선, 면을 이용하여 그림으로 그려 보세요.

4주

04 모양을 찾아라!

큰 모자를 쓴 잔 에뷔테른(모딜리아니, 1918~1919년경)

모딜리아니라는 화가는 이렇게 얼굴은 갸름하고 목은 길게 그리는 걸 좋아했어. 이 그림 속 주인공의 이름은 잔 에뷔테른이야. 왠지 슬퍼 보이지? 잔은 무슨 생각을 하고 있는 걸까? 그림 속에 숨은 모양을 찾으며 찬찬히 생각해 보렴.

언어 잔이 쓰고 있는 모자에 대한 설명으로 알맞지 않은 것에 ✕표 하세요.

크기가 커요.
겉과 속의 색깔이 달라요.
끝이 뾰족해요.

수리탐구 잔의 얼굴은 무엇을 닮았나요? 알맞은 것에 ○표 하세요.

논술 잔은 무엇을 생각하고 있을까요? 여러분이 잔이 되어 말해 보세요.

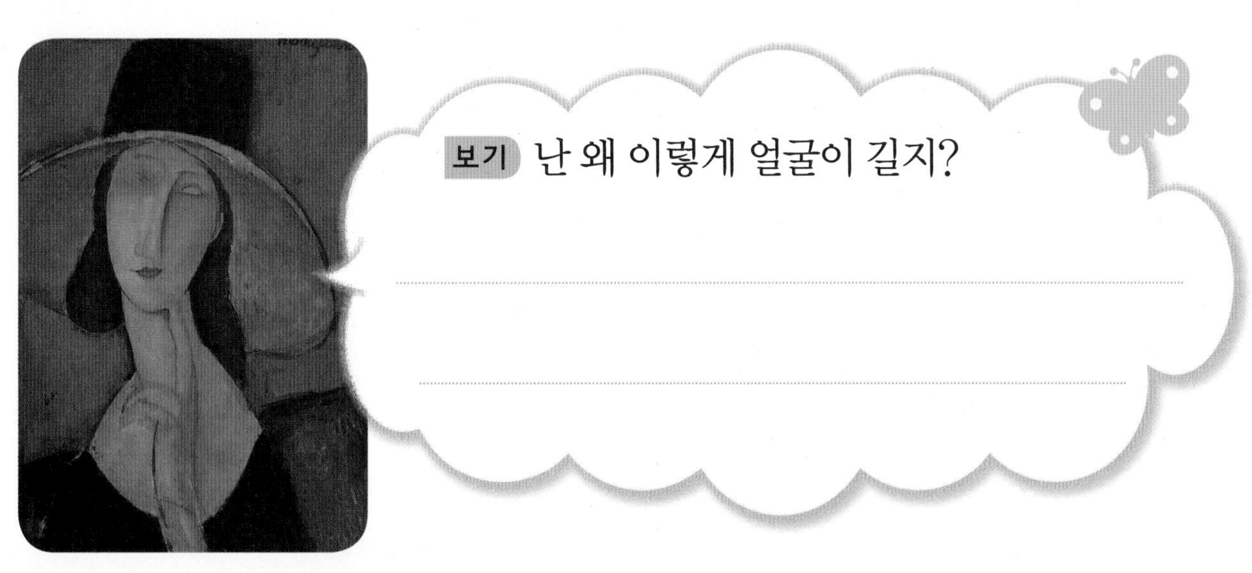

보기 난 왜 이렇게 얼굴이 길지?

4주

04 알록달록 꼬치를 만들어요

색깔 놀이, 모양 놀이를 하다 보니

꼬르륵 배가 고파요.

여러 가지 다양한 모양으로

알록달록 예쁜 꼬치를 만들어 보아요.

자, 그럼 눈도 즐겁고 입도 행복한 꼬치 만들기 시작!

★준비됐나요?

꼬치용 꼬챙이, 방울토마토, 바나나, 메추리알, 비엔나소시지나 햄, 오이

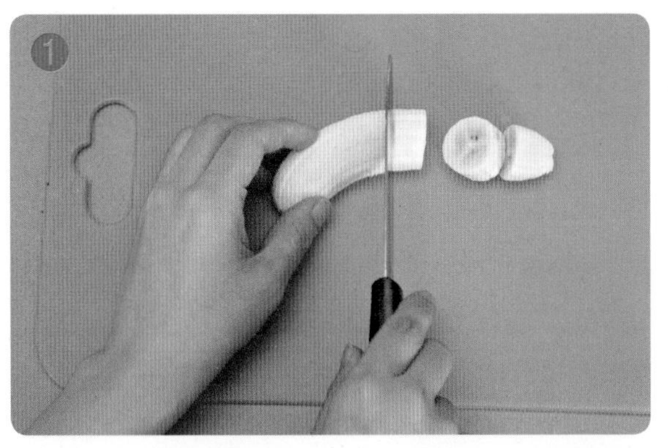

꼬치에 끼울 재료를 깨끗이 씻거나 껍질을 벗긴 다음, 먹기 좋은 크기로 잘라요.

손질한 방울토마토, 바나나, 메추리알, 비엔나소시지, 오이를 접시에 담아요.

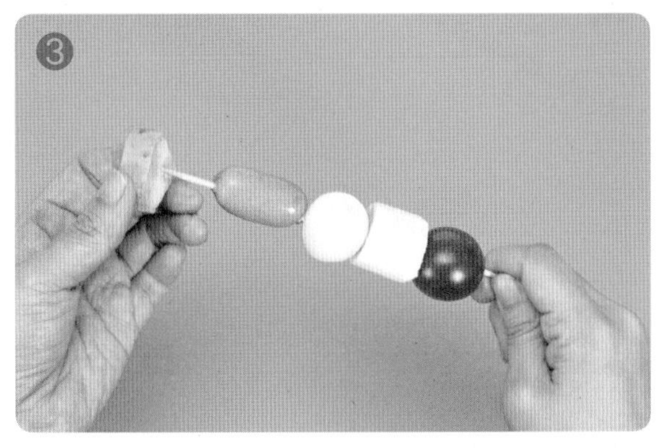

방울토마토, 바나나, 메추리알, 비엔나소시지, 오이를 순서대로 꼬챙이에 끼워요.

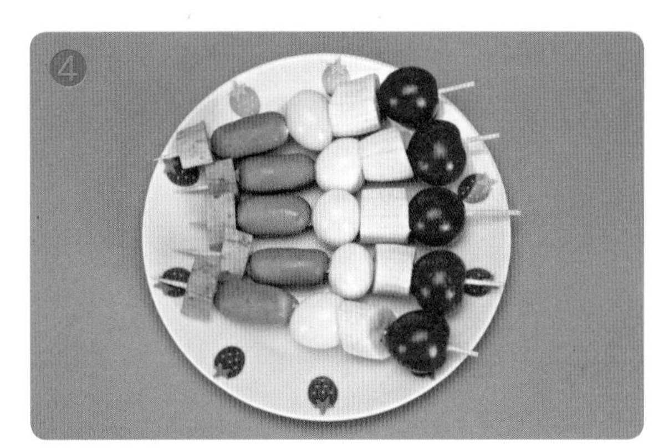

알록달록 예쁜 꼬치를 눈으로 먼저 구경한 다음, 맛있게 먹어요.

논술 **꼬치에 끼운 재료 중 가장 싫어하는 것에 ×표, 가장 좋아하는 것에 ○표 하세요. 그리고 그 까닭도 함께 써 보세요.**

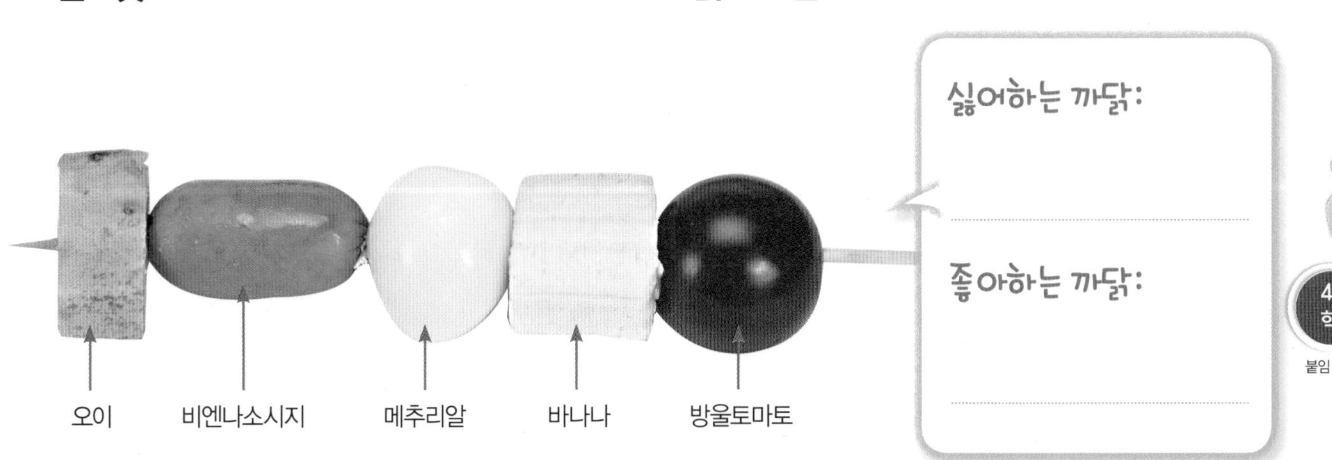

싫어하는 까닭:

좋아하는 까닭:

4주 4일 학습 끝!

붙임 딱지 붙여요.

되돌아봐요

보기 의 물건을 같은 색깔의 바구니에 옮겨 담으려고 해요. 각 바구니에 들어갈 물건을 보기 에서 찾아 번호를 쓰세요.

2 아래 그림에서 동그라미는 빨강, 세모는 노랑, 네모는 파랑으로 색칠하세요.

낱말 쏙쏙

| 민수가 모양성에 잘 도착할 수 있도록 '선 → 면 → 점'의 순서로 길을 따라가 보세요.

출발
줄로 된 성이에요.
면으로 된 성이에요.
점으로 된 성이에요.
모양성 이에요.
도착

2 그림을 보고 빈칸에 들어갈 알맞은 말을 보기 에서 찾아 쓰세요.

보기 똑같아요 흔들어요 치워요 그려요

동생이 장난감을 ______________.

언니가 풍선을 ______________.

누나가 그림을 ______________.

쌍둥이 얼굴이 ______________.

멋진 옷장을 만들어요

아무리 예쁜 옷도 여기저기 아무렇게나 놓아두면 쉽게 찾아 입을 수가 없어요. 옷장에 잘 정리해 두어야 쉽게 찾아 예쁘게 입을 수 있지요. 옷장을 만들어 재미있게 인형 놀이도 해 보고 정리·정돈하는 연습도 해 보아요.

★준비됐나요?
얇은 도화지, 두꺼운 도화지, 부직포, 비닐, 투명 테이프, 가위, 연필, 색연필, 사인펜 등

❶ 두꺼운 도화지에 사인펜과 색연필로 옷장 안을 멋지게 꾸며요.

❷ 비닐은 도화지와 같은 크기로, 부직포는 약간 크게 잘라 놓아요.

❸ 부직포, 도화지, 비닐을 순서대로 놓고, 부직포로 비닐과 도화지를 밑에서 위로 덧싸요.

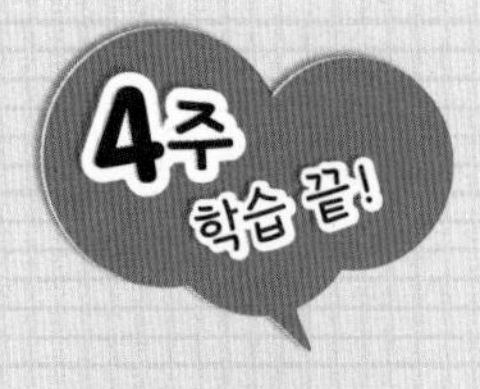

확인할 내용	잘함	보통임	부족함
1. 이번 주 학습을 5일(월요일~금요일) 안에 끝마쳤나요?			
2. 같은 색깔끼리 잘 구별할 수 있나요?			
3. 동그라미, 세모, 네모를 잘 구분할 수 있나요?			
4. 점, 선, 면을 잘 구분할 수 있나요?			

덧싼 부직포의 끝부분을 투명 테이프로 비닐 위에 붙여요.

비닐 위에 옷장 칸이 될 비닐을 잘라 얹고 투명 테이프로 양옆과 아랫부분을 붙여요.

따로 준비한 두꺼운 도화지에 속옷을 입은 아이의 모습을 그린 다음, 가위로 오려요.

⑥에서 오린 아이 그림을 얇은 도화지에 대고 옷을 그릴 테두리 선을 그려요.

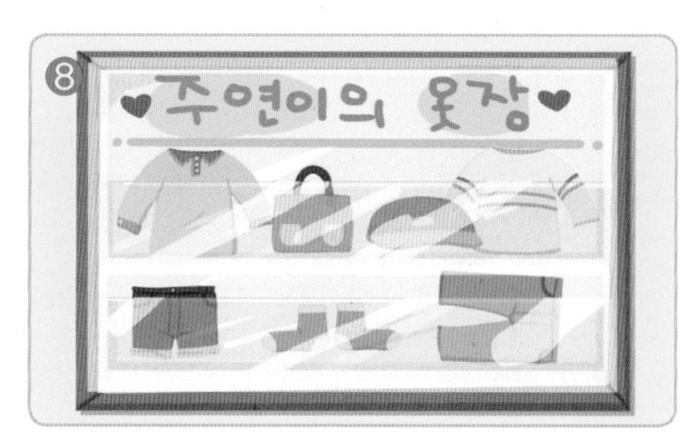

테두리 선 안에 옷을 그려 넣은 다음, 오려서 옷장에 보기 좋게 정리해 넣어요.

4주 5일
학습 끝!

붙임 딱지 붙여요.

P단계 5권 정답 및 해설

1주 지우개야, 고마워!

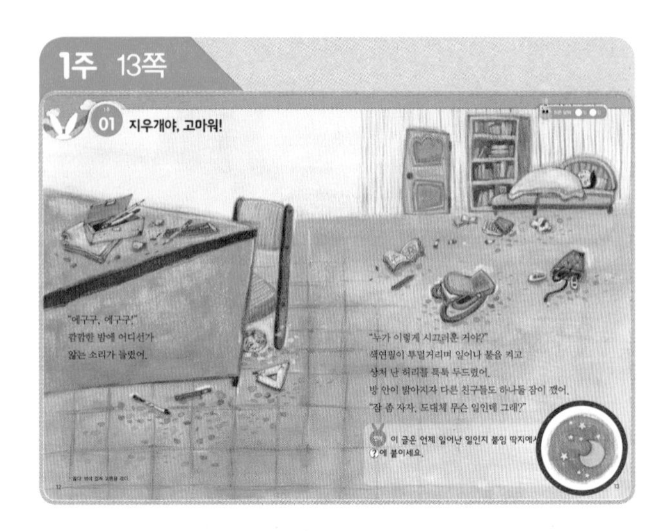

1주 13쪽
01 지우개야, 고마워!
"에구구, 에구구!"
캄캄한 밤에 어디선가
앓는 소리가 들렸어.
"누가 이렇게 시끄러운 거야?"
색연필이 투덜거리며 일어나 불을 켜고
상처 난 허리를 툭툭 두드렸어.
방 안이 밝아지자 다른 친구들도 하나둘 잠이 깼어.
"잠 좀 자자. 도대체 무슨 일인데 그래?"
이 글은 언제 일어난 일인지 붙임 딱지에서
?에 붙이세요.

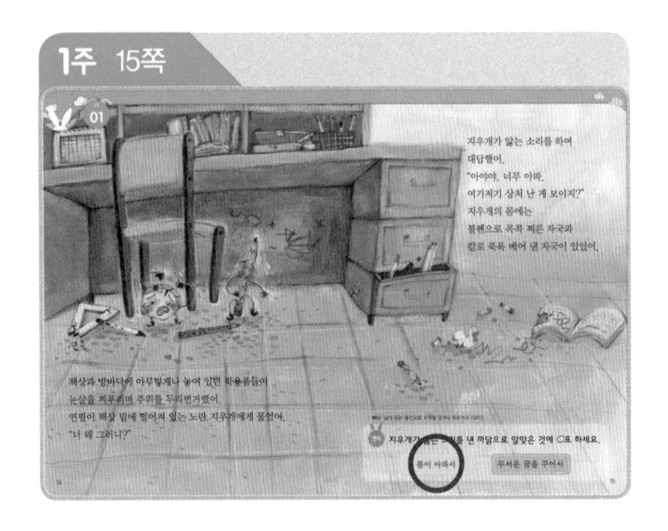

1주 15쪽
01
지우개가 앓는 소리를 하며
대답했어.
"아야야, 너무 아파.
여기저기 상처 난 게 보이지?"
지우개의 몸에는
볼펜으로 콕콕 찌른 자국과
칼로 푹푹 베어 낸 자국이 있었어.
책상과 방바닥에 아무렇게나 놓여 있던 학용품들이
눈살을 찌푸리며 주위를 두리번거렸어.
연필이 책상 밑에 떨어져 있는 노란 지우개에게 물었어.
"너 왜 그러니?"
지우개가 앓는 소리를 낸 까닭으로 알맞은 것에 ○표 하세요.
몸이 아파서
무서운 꿈을 꾸어서

1주 17쪽
01
볼펜이 혀를 끌끌 찼어.
"안됐다만, 여기 있는 친구들은 모두 그래."
지우개가 방 안을 둘러보았어.
그런데 이게 웬일이니?
멀쩡한 학용품이 하나도 없는 거야.
모두 어딘가 부러지거나 상처가 나 있었지.
연필이 머리를 앞으로 내밀며 말했어.
"그 녀석이 나를 질겅질겅 씹어서 이렇게 됐어."
연필을 사용하는 방법을 바르게 말한 것을
꾹꾹 눌러 심을 부러뜨려요.
질겅질겅 씹어요.
함부로 던지지 않아요.

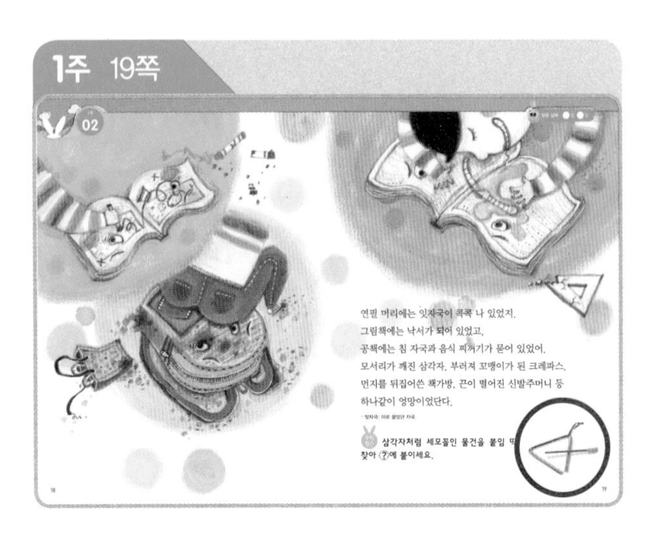

1주 19쪽
02
연필 머리에는 잇자국이 콕콕 나 있었지.
그림책에는 낙서가 되어 있었고,
공책에는 침 자국과 음식 찌꺼기가 묻어 있었어.
모서리가 깨진 삼각자, 부러져 꼬맹이가 된 크레파스,
먼지를 뒤집어쓴 책가방, 끈이 떨어진 신발주머니 등
하나같이 엉망이었단다.
삼각자처럼 세모꼴인 물건을 붙임 딱
찾아 ?에 붙이세요.

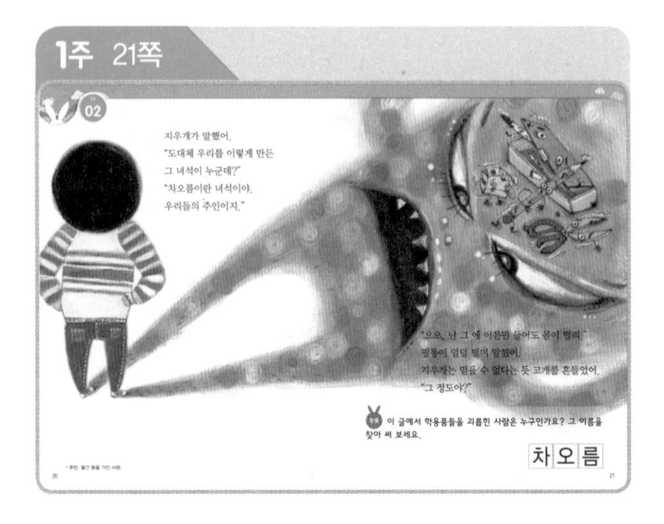

1주 21쪽
02
지우개가 말했어.
"도대체 우리를 이렇게 만든
그 녀석이 누군데?"
"차오름이란 녀석이야.
우리들의 주인이지."
"으으, 난 그 애 이름만 들어도 몸이 떨려."
필통이 덜덜 떨며 말했어.
지우개는 믿을 수 없다는 듯 고개를 흔들었어.
"그 정도야?"
이 글에서 학용품들을 괴롭힌 사람은 누구인가요? 그 이름을
찾아 써 보세요.
차 오 름

1주 23쪽
02
지우개가 책상 위로 올라갔어.
"이래 봬도 난 지우개야.
잘못된 것을 고칠 수 있도록 지우는 일을 하지."
지우개는 뒤돌아서서 등에 있는 글자를 보여 주었어.
지우개 등에는 '매직'이라고 쓰여 있었지.
지우개가 말했어.
"마술처럼 감쪽같이 지운다는 뜻에서 붙여진 이름이야."
매직
지우개가 하는 일을 찾아 □ 안에 ✓표 하세요.
• 잘못된 것을 지우는 것 V
• 책상 위에 올라가는 것

1주 25쪽
03
지우개가 손으로 제 몸을 쓱쓱 문질러
노란 지우개 가루를 만들더니 색종이에게 뿌렸어.
그러자 색종이들이 스스로 착착 접히면서
새가 되지 뭐니?
지우개는 남은 가루를 잠자는 오름이에게도 뿌렸어.
오름이는 몸이 줄어드는 걸 느끼며 잠에서 깼지.
"어어? 이게 어떻게 된 거야?"
그때 지우개가 책가방에 올라타며 소리쳤어.
"모두 올라타! 오름이 너도."
색종이들이 스스로 착착 접히
되었는지 붙임 딱지에서 찾아 ?에

1주 27쪽
03
학용품들은 오름이를 번쩍 들어 책가방에 태웠어.
"어어, 왜 이래? 내려 줘!"
색종이 새들이 책가방을 물고 하늘 높이 날아올랐어.
"으악, 날 어디로 데려가는 거야?"
책가방은 바다를 건너 먼 나라로 날아가더니
어느 작고 허름한 학교 위에 멈추어 섰어.
오름이를 태운 책가방이 멈추어 선 곳은 어디인지 찾아 ○표 하세요.
학교 위
시장 위
병원 위

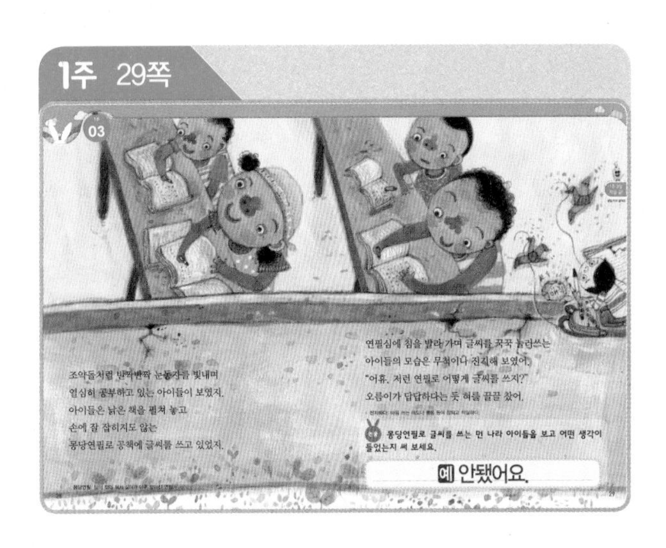
1주 29쪽
03
조약돌처럼 반짝반짝 눈동자를 빛내며
열심히 공부하고 있는 아이들이 보였지.
아이들은 낡은 책을 펼쳐 놓고
손에 잘 잡히지도 않는
몽당연필로 공책에 글씨를 쓰고 있었지.
연필심에 침을 발라 가며 글씨를 꾹꾹 눌러쓰는
아이들의 모습은 무척이나 진지해 보였어.
"어휴, 저런 연필로 어떻게 글씨를 쓰지?"
오름이가 답답하다는 듯 혀를 끌끌 찼어.
몽당연필로 글씨를 쓰는 먼 나라 아이들을 보고 어떤 생각이 들었는지 써 보세요.
예 안됐어요.

1주 31쪽
04
선생님이 새 연필을 하나씩 나누어 주자
아이들은 창문이 들썩이도록 소리치며 좋아하는 거야.
지우개가 얼굴을 잔뜩 찌푸린 오름이에게 말했어.
"넌 저 아이들에 비하면 부족한 게 없는데
왜 늘 짜증을 내니?"
오름이는 속으로는 뜨끔했지만, 입술을 삐죽거렸어.
"저 아이들처럼 작은 것에도
행복을 느낄 수 있는 마음을 좀 배워."
지우개는 오름이가 무엇을 배워야 한다고 생각했나요? 빈칸에 알맞은 말을 찾아 써 보세요.
작은 것에도 행복 (을)를 느낄 수 있는 마음

1주 33쪽
04
"네가 분지른 연필 한 자루만 아껴도
저 아이들이 하루를 배불리 먹을 수 있어."
오름이는 책가방에 있는 망가진 학용품을 살펴보았어.
고개를 들 수가 없을 만큼 부끄러웠지.
하지만 생각과 다르게 버럭 화를 냈어.
"그만둬! 어서 집에나 데려다줘!"
그 순간 책가방이 홀랑 뒤집어졌어.
"으악!"
오름이가 화를 낸 까닭으로 알맞은 것에 ○표 하세요.
자신만 새 연필을 받지 못해서
학용품을 함부로 쓴 자신이 부끄러워서

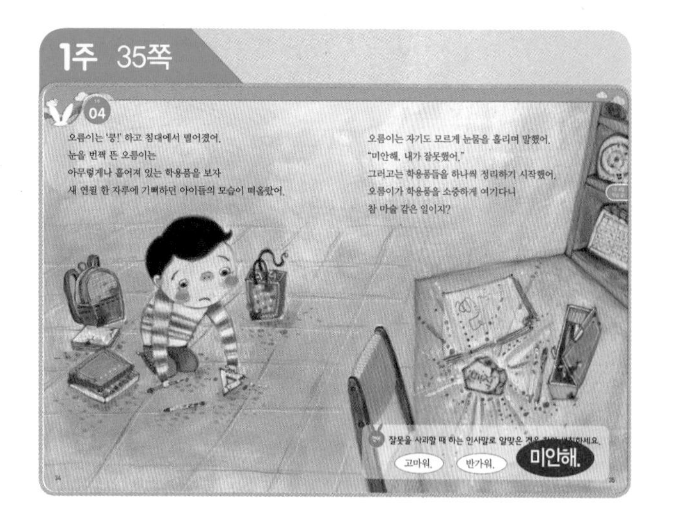
1주 35쪽
04
오름이는 '쿵!' 하고 침대에서 떨어졌어.
눈을 번쩍 뜬 오름이는
아무렇게나 흩어져 있는 학용품을 보자
새 연필 한 자루에 기뻐하던 아이들의 모습이 떠올랐어.
오름이는 자기도 모르게 눈물을 흘리며 말했어.
"미안해, 내가 잘못했어."
그러고는 학용품들을 하나씩 정리하기 시작했어.
오름이가 학용품을 소중하게 여기다니
참 마술 같은 일이지?
잘못을 사과할 때 하는 인사말로 알맞은 것을 찾아 색칠하세요.
고마워.
반가워.
미안해.

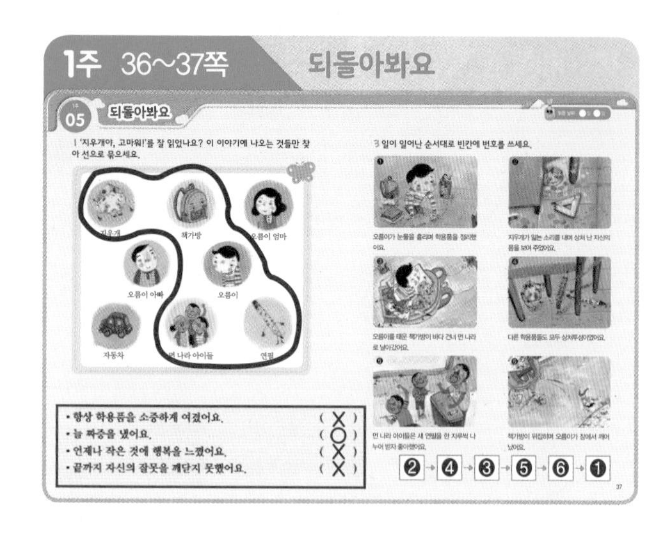
1주 36~37쪽 되돌아봐요
05 되돌아봐요
1 '지우개야, 고마워!'를 잘 읽었나요? 이 이야기에 나오는 것들만 찾아 선으로 묶으세요.
지우개
책가방
오름이 엄마
오름이 아빠
오름이
자동차
먼 나라 아이들
연필
• 항상 학용품을 소중하게 여겼어요. (X)
• 늘 짜증을 냈어요. (O)
• 언제나 작은 것에 행복을 느꼈어요. (X)
• 끝까지 자신의 잘못을 깨닫지 못했어요. (X)
3 일이 일어난 순서대로 빈칸에 번호를 쓰세요.
❷ → ❹ → ❸ → ❺ → ❻ → ❶

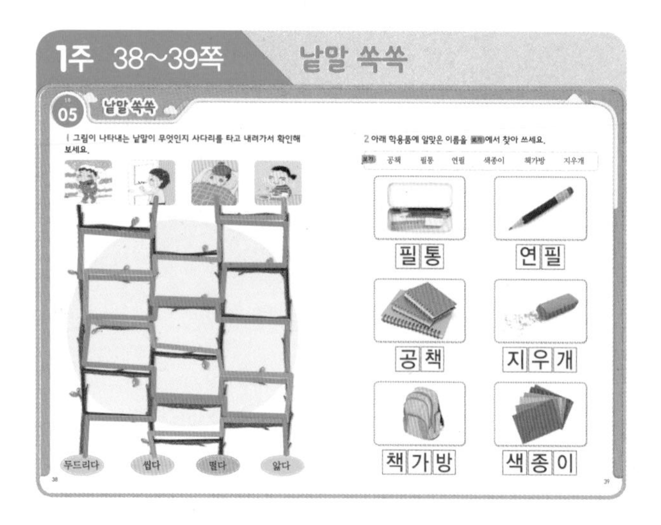
1주 38~39쪽 낱말 쏙쏙
05 낱말 쏙쏙
1 그림이 나타내는 낱말이 무엇인지 사다리를 타고 내려가서 확인해 보세요.
두드리다
쉽다
떨다
앓다
2 아래 학용품에 알맞은 이름을 보기에서 찾아 쓰세요.
보기 공책 필통 연필 색종이 책가방 지우개
필통
연필
공책
지우개
책가방
색종이

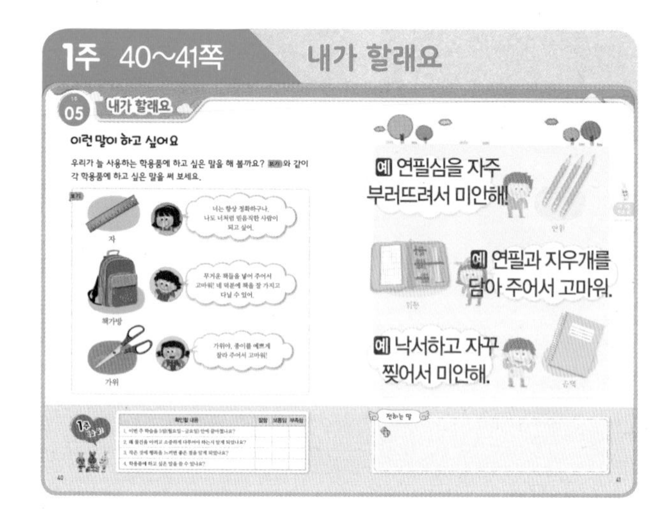
1주 40~41쪽 내가 할래요
05 내가 할래요
이런 말이 하고 싶어요
우리가 늘 사용하는 학용품에 하고 싶은 말을 해 볼까요? 보기와 같이 각 학용품에 하고 싶은 말을 써 보세요.
자
책가방
가위
예 연필심을 자주 부러뜨려서 미안해!
예 연필과 지우개를 담아 주어서 고마워.
예 낙서하고 자꾸 찢어서 미안해.

2주 소가 된 게으름뱅이

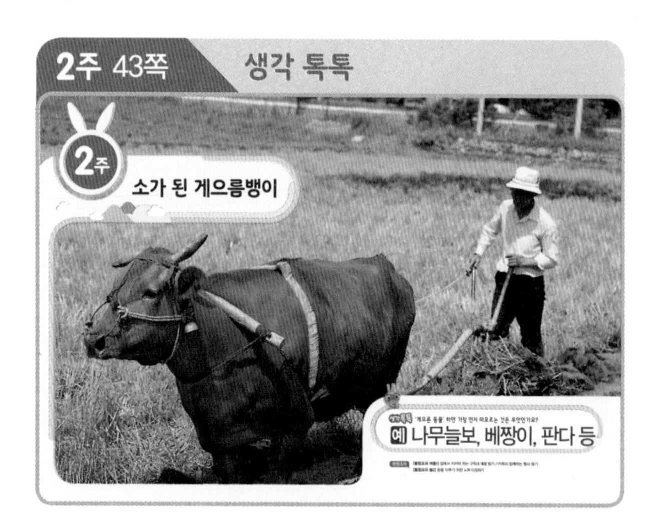
2주 43쪽 생각 톡톡
2주
소가 된 게으름뱅이
예 나무늘보, 베짱이, 판다 등

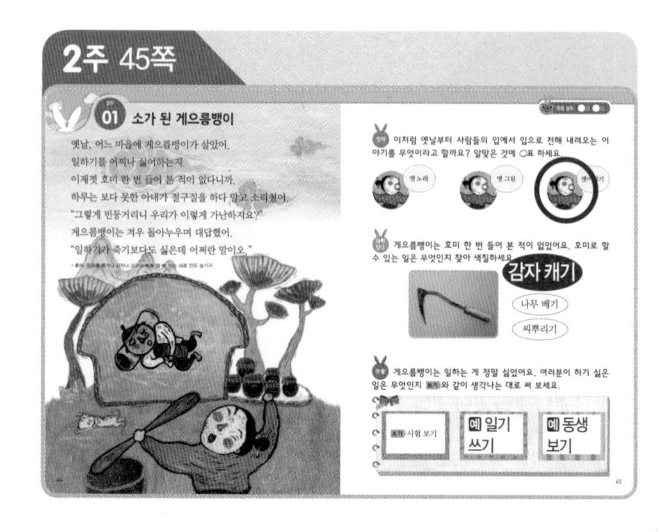
2주 45쪽
01 소가 된 게으름뱅이
옛날, 어느 마을에 게으름뱅이가 살았어.
일하기를 어찌나 싫어하는지
이제껏 호미 한 번 들어 본 적이 없다니까.
하루는 보다 못한 아내가 절구질을 하다 말고 소리쳤어.
"그렇게 빈둥거리니 우리가 이렇게 가난하지요?"
게으름뱅이는 겨우 돌아누우며 대답했어.
"일하기가 죽기보다도 싫은데 어쩌란 말이오."
이처럼 옛날부터 사람들의 입에서 입으로 전해 내려오는 이야기를 무엇이라고 할까요? 알맞은 것에 ○표 하세요.
옛노래
옛그림
옛이야기
게으름뱅이는 호미 한 번 들어 본 적이 없었어요. 호미로 할 수 있는 일은 무엇인지 찾아 색칠하세요.
감자 캐기
나무 베기
씨뿌리기
게으름뱅이는 일하는 게 정말 싫었어요. 여러분이 하기 싫은 일은 무엇인지 보기와 같이 생각나는 대로 써 보세요.
보기 시험 보기
예 일기 쓰기
예 동생 보기

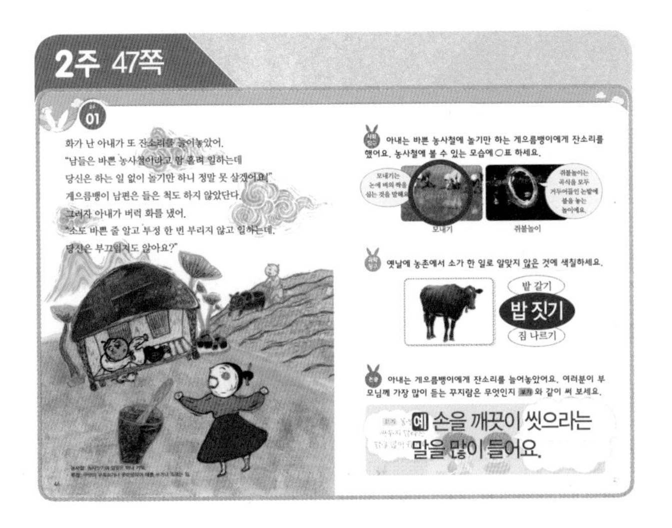
2주 47쪽
밭 갈기
밥 짓기
짐 나르기
예 손을 깨끗이 씻으라는 말을 많이 들어요.

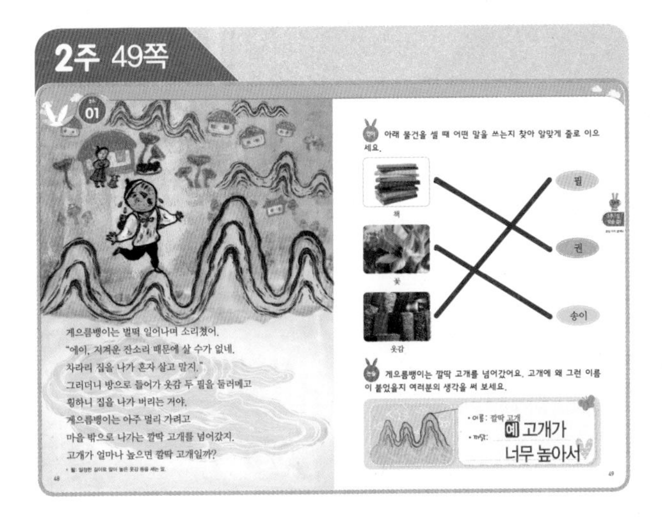
2주 49쪽
필
권
송이
예 고개가 너무 높아서

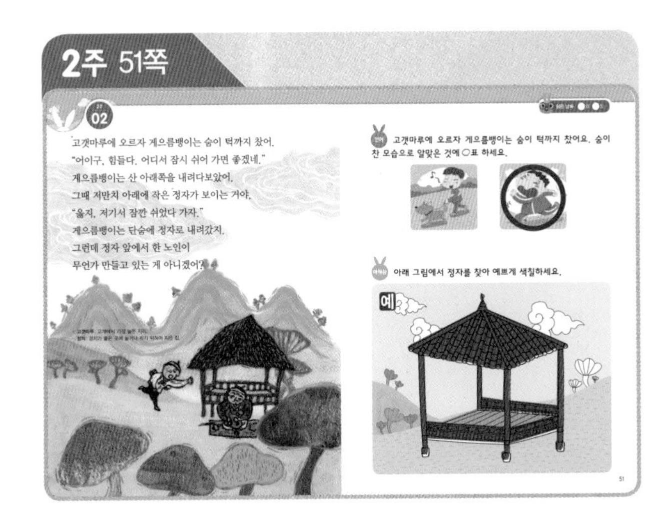
2주 51쪽
예

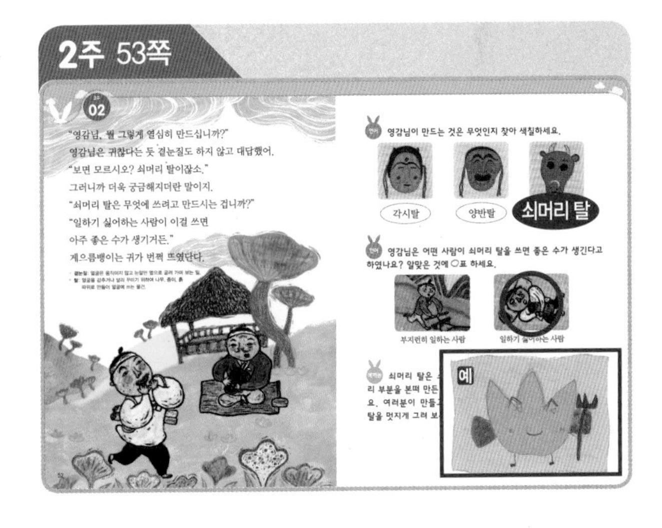
2주 53쪽
각시탈
양반탈
쇠머리 탈
예

2주 55쪽
예 집안일을 돕는 로봇

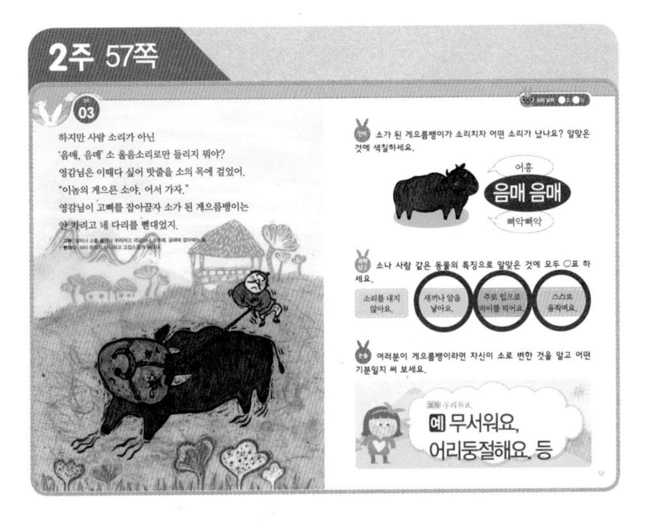
2주 57쪽
음매 음매
예 무서워요, 어리둥절해요. 등

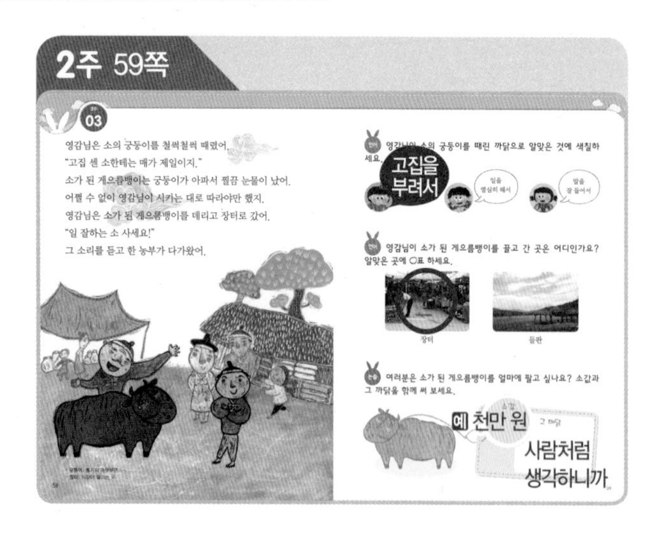
2주 59쪽
03
영감님은 소의 궁둥이를 철썩철썩 때렸어.
"고집 센 소한테는 매가 제일이지."
소가 된 게으름뱅이는 궁둥이가 아파서 찔끔 눈물이 났어.
어쩔 수 없이 영감님이 시키는 대로 따라야만 했지.
영감님은 소가 된 게으름뱅이를 데리고 장터로 갔어.
"일 잘하는 소 사세요!"
그 소리를 듣고 한 농부가 다가왔어.
고집을 부려서
영감님이 소가 된 게으름뱅이를 끌고 간 곳은 어디인가요? 알맞은 곳에 ○표 하세요.
장터
들판
여러분은 소가 된 게으름뱅이를 얼마에 팔고 싶나요? 소값과 그 까닭을 함께 써 보세요.
예 천만 원
사람처럼 생각하니까

2주 61쪽
03
무밭에는 가지 마시오.
논밭을 갈 때 쓰는 도구에 ○표 하세요.
쟁기
달구지
영감님은 농부에게 고삐를 넘겨주면서 말했어.
"이 소는 무를 먹으면 죽으니 무밭에는 절대 가지 마시오."
"그렇군요, 별난 소도 다 있군요."
농부는 게으름뱅이 소를 끌고 집으로 갔어.
그러고는 쉴 새 없이 일을 시키는 거야.
소가 된 게으름뱅이는 무거운 짐을 실은 달구지를 끌었어요. 여러분이 생각하는 무거운 물건은 무엇인지 달구지 위에 써 보세요.
예 쌀가마니, 옷장 등

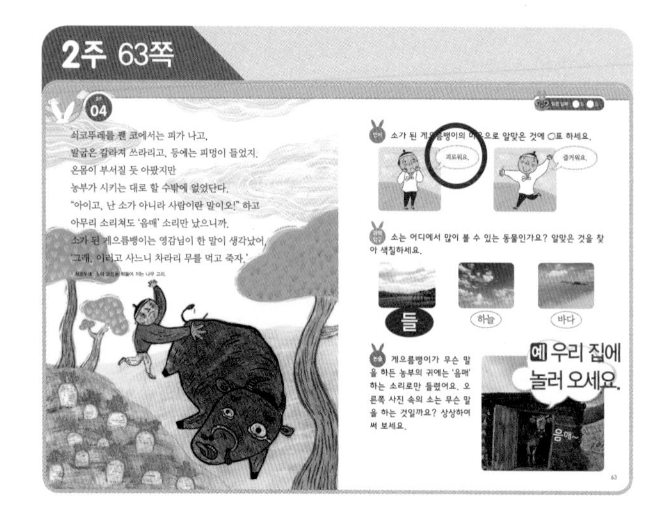
2주 63쪽
04
소가 된 게으름뱅이의 마음으로 알맞은 것에 ○표 하세요.
괴로워요.
즐거워요.
소는 어디에서 많이 볼 수 있는 동물인가요? 알맞은 것을 찾아 색칠하세요.
들
하늘
바다
예 우리 집에 놀러 오세요.
음매~

2주 65쪽
04
소가 된 게으름뱅이가 죽으려고 먹은 것을 찾아 ○표 하세요.
무
당근
오이
무를 먹으면 죽는다고 해서
예 일을 열심히 하는 소가 되었을 거예요.

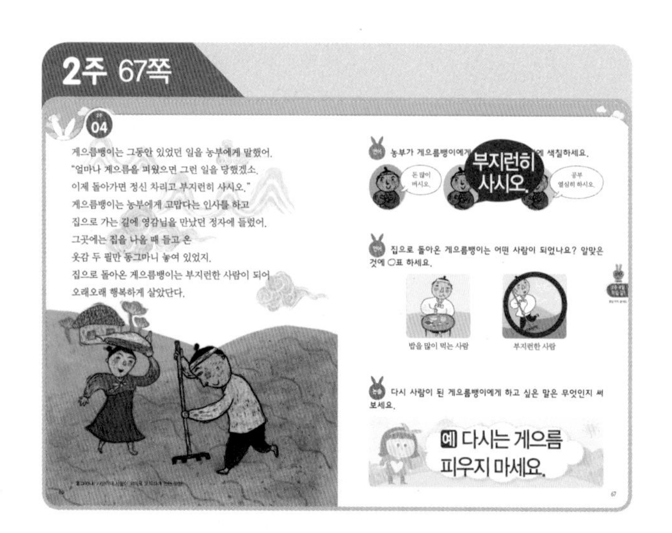
2주 67쪽
04
부지런히 사시오.
집으로 돌아온 게으름뱅이는 어떤 사람이 되었나요? 알맞은 것에 ○표 하세요.
밥을 많이 먹는 사람
부지런한 사람
다시 사람이 된 게으름뱅이에게 하고 싶은 말은 무엇인지 써 보세요.
예 다시는 게으름 피우지 마세요.

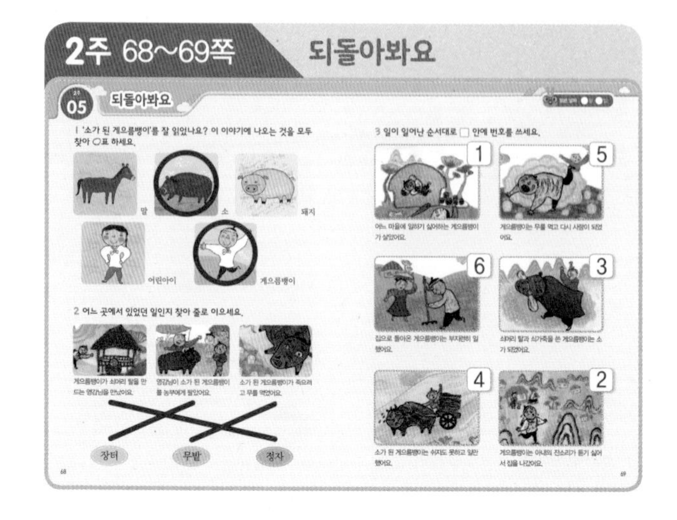
2주 68~69쪽
되돌아봐요
05
되돌아봐요
말
소
돼지
어린아이
게으름뱅이
1
5
6
3
4
2
장터
무밭
정자

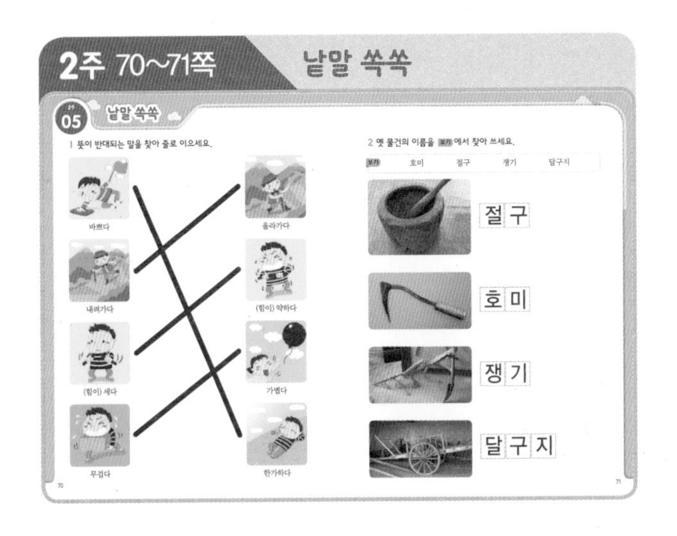
2주 70~71쪽
낱말 쏙쏙
절구
호미
쟁기
달구지

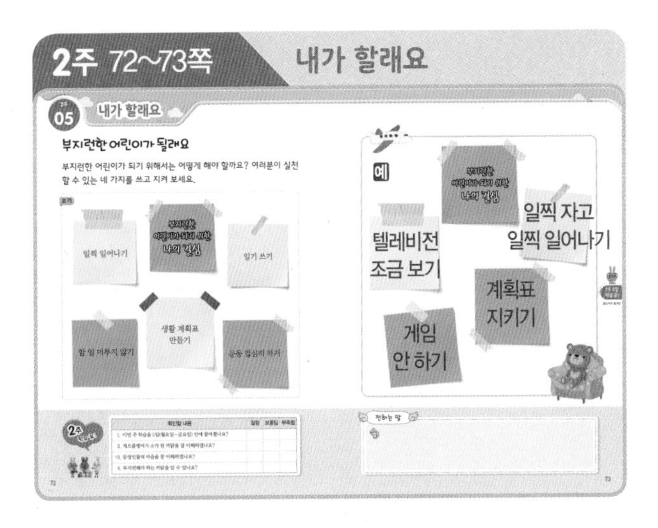
2주 72~73쪽
내가 할래요
예
텔레비전 조금 보기
일찍 자고 일찍 일어나기
계획표 지키기
게임 안 하기

3주 개미 때문에, 안 돼~!

3주 75쪽
생각 톡톡
개미 때문에, 안 돼~!
예 잘 웃어요, 잘 먹어요. 등

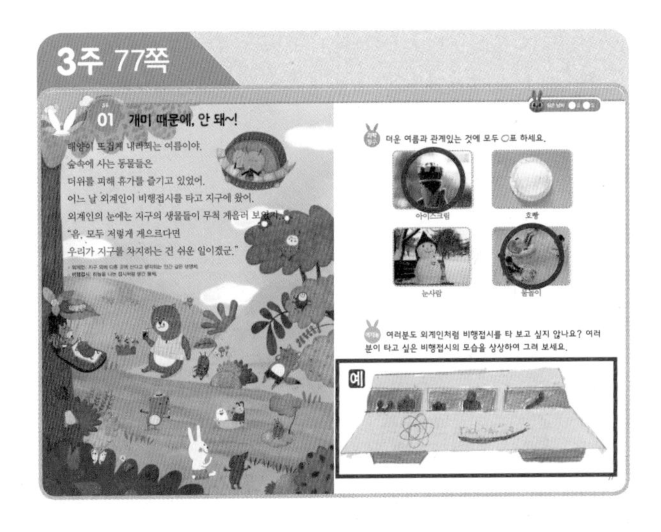
3주 77쪽
개미 때문에, 안 돼~!
예

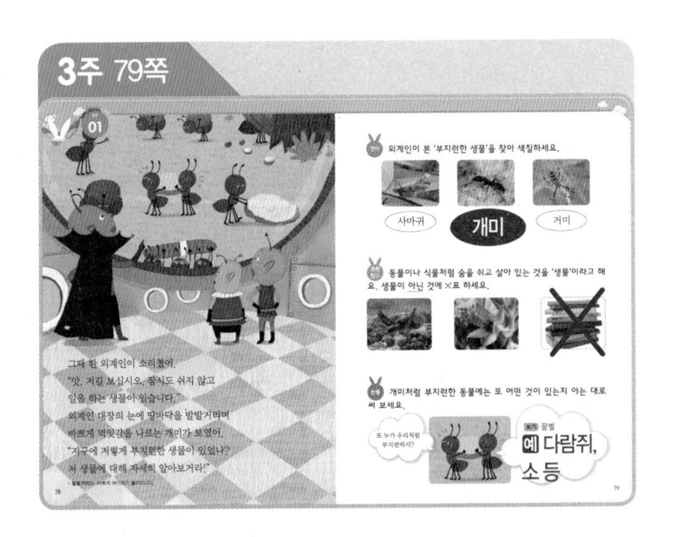
3주 79쪽
개미
예 다람쥐, 소 등

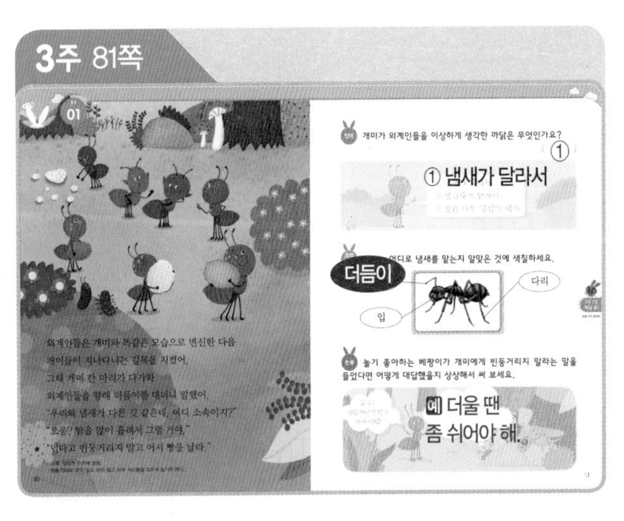
3주 81쪽
① 냄새가 달라서
더듬이
예 더울 땐 좀 쉬어야 해.

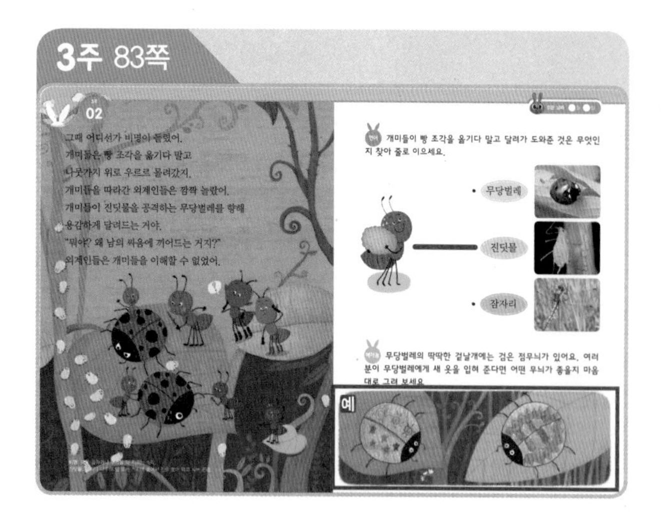
3주 83쪽
02
무당벌레
진딧물
잠자리
예

3주 85쪽
02
꿘물
단물
맹물
예 지하철에서 할머니께
자리를 양보해 드렸어요.

3주 87쪽
02
도마뱀
케이크
나뭇잎
사과
예 친구들과 무거운
책상을 함께 날랐어요.

3주 89쪽
03
지렁이
독수리
거북
부지런
해요.
똑똑해요.
예 먹이를 구하기 힘들 때에도
걱정 없이 지낼 수 있어요.

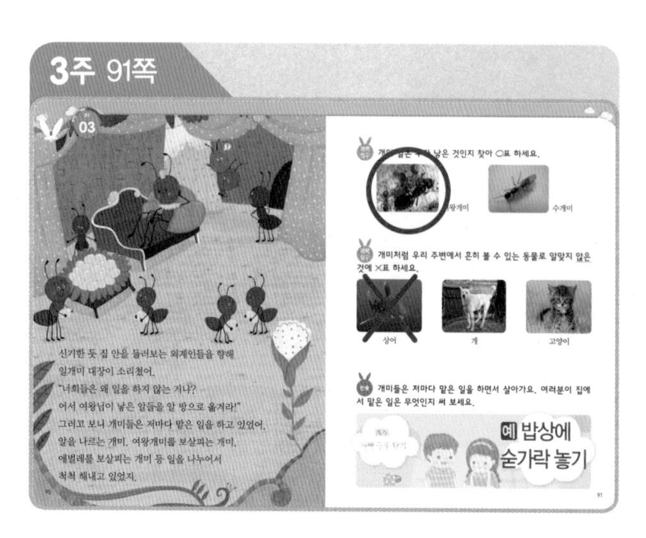
3주 91쪽
03
수개미
상어
개
고양이
예 밥상에
숟가락 놓기

3주 93쪽
03
예
민정이
갓 태어났을 때
백일
돌
지금

3주 95쪽
04
일개미
여왕개미
병정개미
소방관
군인
선생님
예 아마 너희처럼 씩씩하고
용감한 개미는 없을 거야.

3주 97쪽
04
짝짓기
V
예 서로 협동하며
살아가는 점

3주 99쪽
04
개미가
무서워서
• 협동심이 약해요.
• 무리를 지어 살아요.
• 일을 나누어 해요.
예 개미를 본받아 열심히
일했을 거예요.

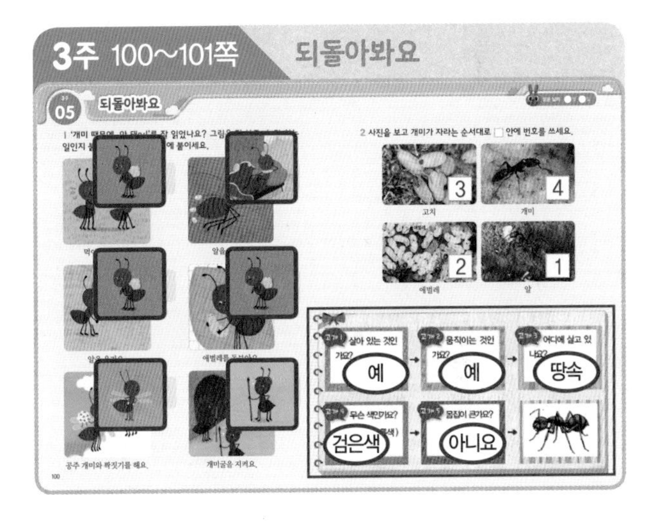
3주 100~101쪽
되돌아봐요
05
되돌아봐요
3
4
2
1
예
예
땅속
검은색
아니요

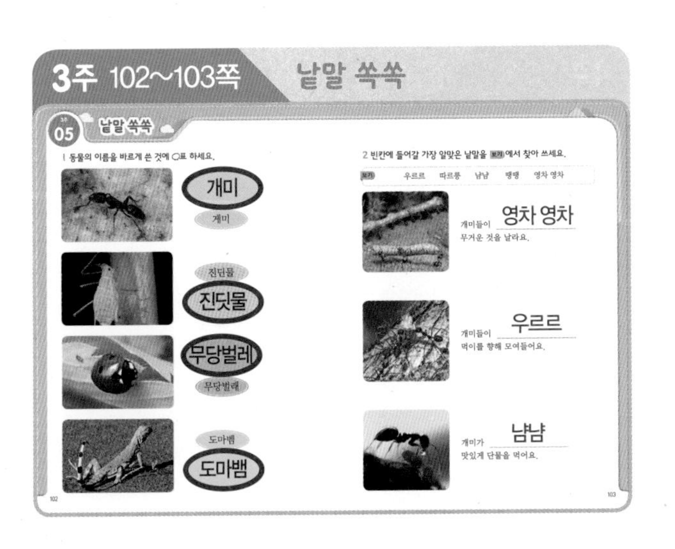
3주 102~103쪽
낱말 쏙쏙
05
낱말 쏙쏙
개미
진딧물
무당벌레
도마뱀
영차 영차
우르르
냠냠

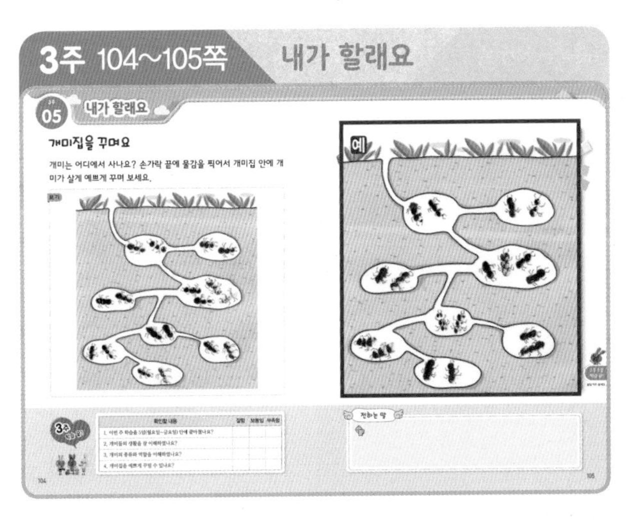
3주 104~105쪽
내가 할래요
05
내가 할래요
개미집을 꾸며요
예

4주 색깔아, 모양아! 여기 모여라!

4주 107쪽 생각 톡톡

4주 109쪽

4주 111쪽

4주 113쪽

4주 115쪽

4주 117쪽

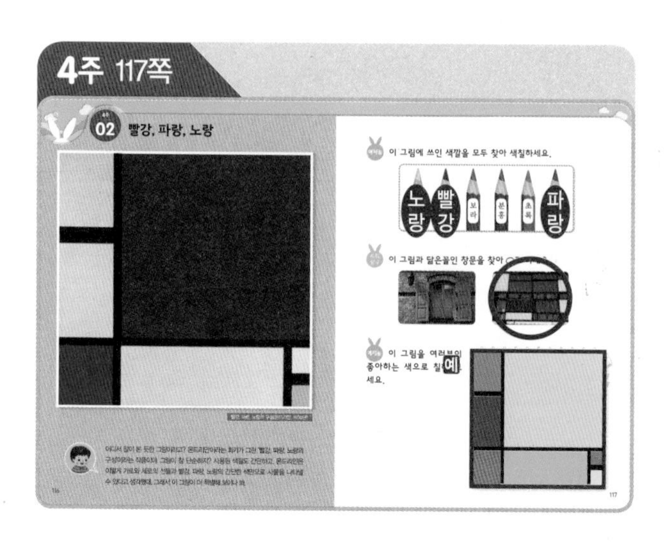

4주 119쪽
02 나만의 색깔 책을 만들어요
빨강, 주황, 노랑, 초록 등
세상에는 여러 가지 색깔이 있어요.
이렇게 다양한 색깔들을 한자리에 모은다면
알록달록, 울긋불긋 정말 재미있을 거예요.
날짜가 지나 못 쓰게 된 달력에
여러 가지 그림들을 색깔별로 붙여 보세요.
나만의 멋진 색깔 책이 된답니다.
직접 만들어 보세요.
여러분이 가장 많이 찾은 색깔은 무엇인지 써 보세요.
가장 많이 찾은 색깔은 예 노란색 이에요.

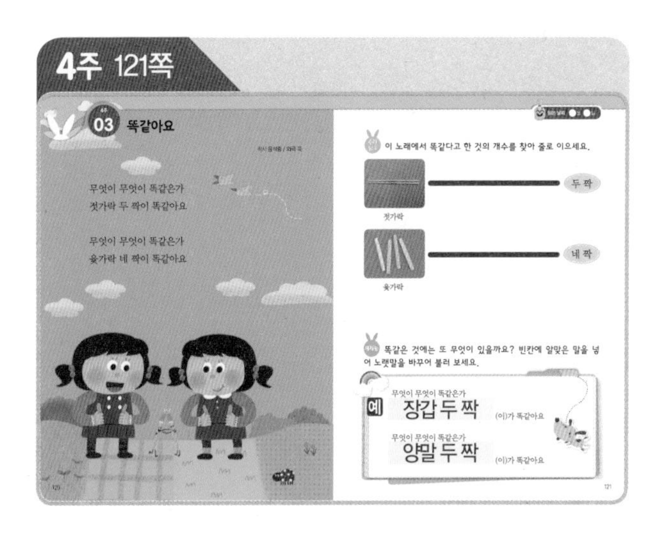
4주 121쪽
03 똑같아요
무엇이 무엇이 똑같은가
젓가락 두 짝이 똑같아요
무엇이 무엇이 똑같은가
숟가락 네 짝이 똑같아요
이 노래에서 똑같다고 한 것의 개수를 찾아 줄로 이으세요.
젓가락
두 짝
숟가락
네 짝
똑같은 것에는 또 무엇이 있을까요? 빈칸에 알맞은 말을 넣어 노랫말을 바꾸어 불러 보세요.
무엇이 무엇이 똑같은가
예 장갑 두 짝 (이)가 똑같아요
무엇이 무엇이 똑같은가
양말 두 짝 (이)가 똑같아요

4주 123쪽
03 모양 놀이
동그란 것 동그란 것 동그란 것 뭐가 있을까
거울 속의 내 얼굴 둥글 동그랗지
동그란 것 동그란 것 동그란 것 뭐가 있을까
데굴데굴 바퀴가 둥글 동그랗지
세모난 것 세모난 것 세모난 것 뭐가 있을까
할머니 집 지붕이 세모 세모나지
세모난 것 세모난 것 세모난 것 뭐가 있을까
찰랑찰랑 트라이앵글 세모 세모나지
네모난 것 네모난 것 네모난 것 뭐가 있을까
우리 집의 창문이 네모 네모나지
네모난 것 네모난 것 네모난 것 뭐가 있을까
알록달록 그림책 네모 네모나지
동그라미, 세모, 네모를 점선을 따라 번호 순서대로 그리세요.
동그라미, 세모, 네모인 물건을 각각 찾아 같은 모양끼리 선으로 묶으세요.

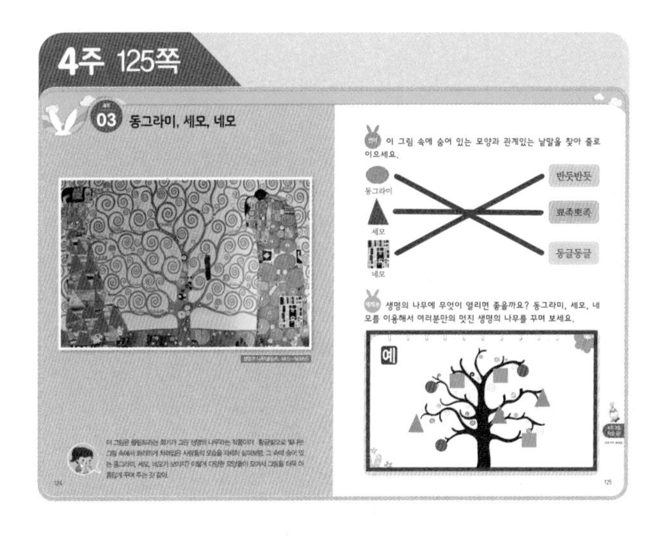
4주 125쪽
03 동그라미, 세모, 네모
이 그림 속에 숨어 있는 모양과 관계있는 낱말을 찾아 줄로 이으세요.
동그라미
세모
네모
반듯반듯
뾰족뾰족
둥글둥글
생명의 나무에 무엇이 열리면 좋을까요? 동그라미, 세모, 네모를 이용해서 여러분만의 멋진 생명의 나무를 꾸며 보세요.
예

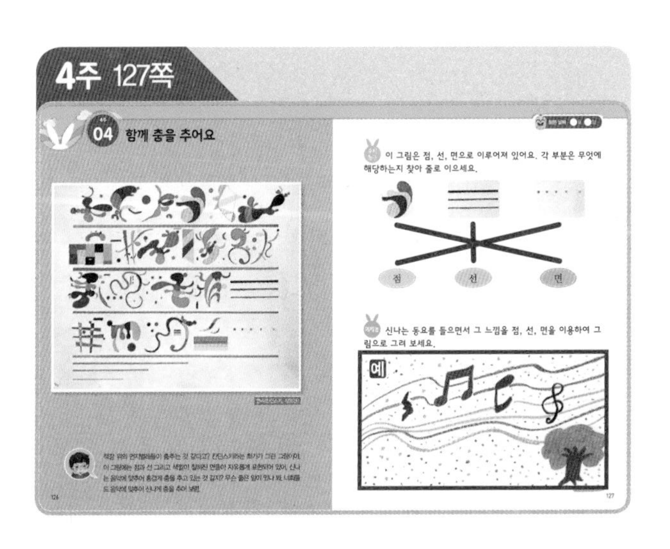
4주 127쪽
04 함께 춤을 추어요
이 그림은 점, 선, 면으로 이루어져 있어요. 각 부분은 무엇에 해당하는지 찾아 줄로 이으세요.
점
선
면
신나는 동요를 들으면서 그 느낌을 점, 선, 면을 이용하여 그림으로 그려 보세요.
예

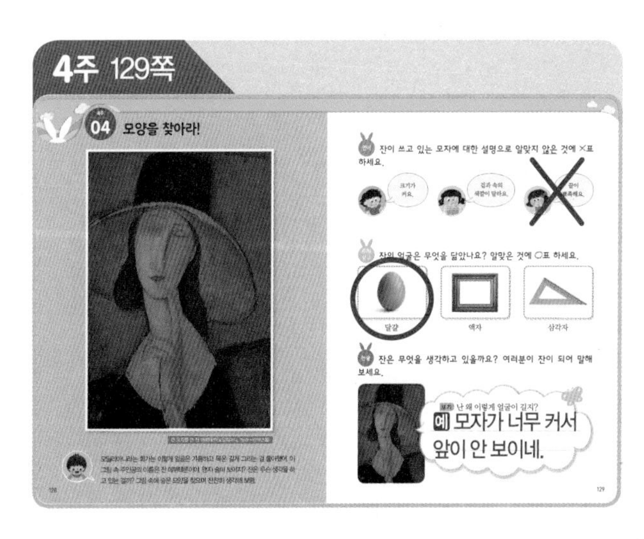
4주 129쪽
04 모양을 찾아라!
잔이 쓰고 있는 모자에 대한 설명으로 알맞지 않은 것에 ×표 하세요.
잔의 얼굴은 무엇을 닮았나요? 알맞은 것에 ○표 하세요.
달걀
액자
삼각자
잔은 무엇을 생각하고 있을까요? 여러분이 잔이 되어 말해 보세요.
예 모자가 너무 커서 앞이 안 보이네.

4주 131쪽
04 알록달록 꼬치를 만들어요
직접 만들어 보세요.
예
씹을 때 기분이 이상해요.
작고 귀여워요.

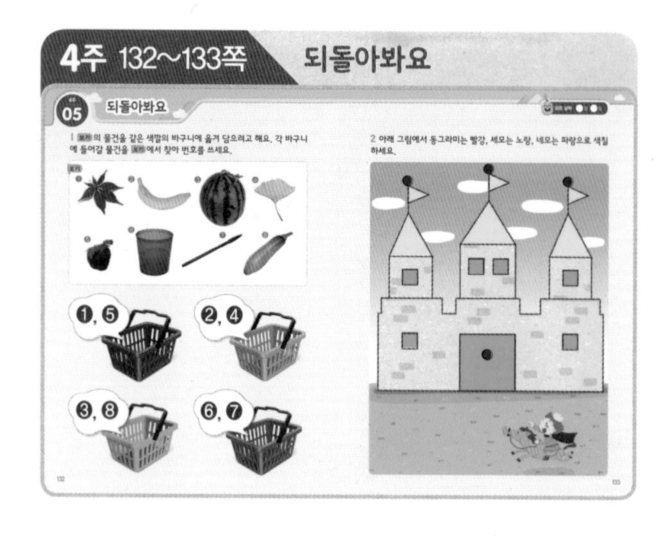
4주 132~133쪽 되돌아봐요
05 되돌아봐요
1, 5
2, 4
3, 8
6, 7

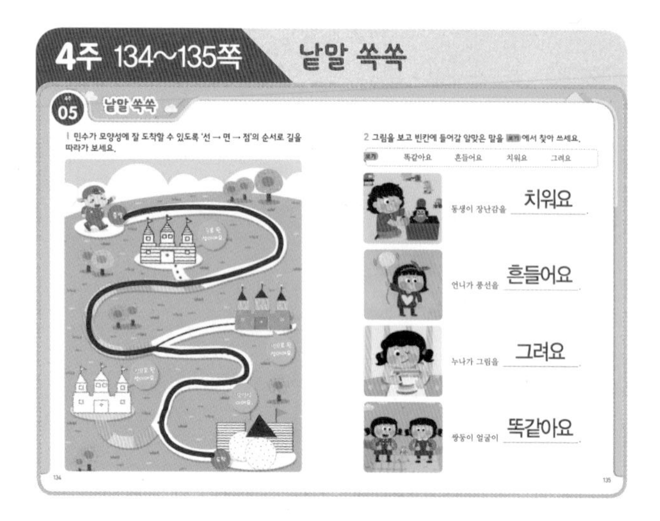
4주 134~135쪽 낱말 쏙쏙
05 낱말 쏙쏙
치워요
흔들어요
그려요
똑같아요

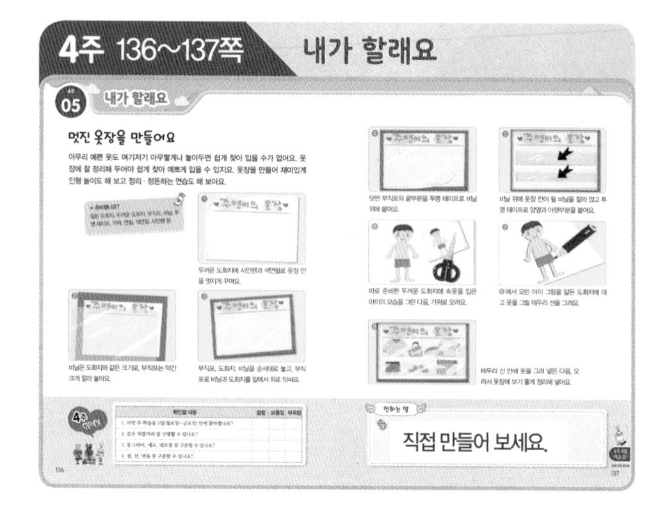
4주 136~137쪽 내가 할래요
05 내가 할래요
멋진 옷장을 만들어요
직접 만들어 보세요.

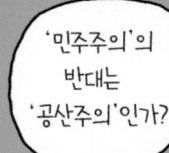

5권 구매 등록마다 선물이 팡팡!

세토 시리즈 래빗 포인트

★★ 래빗 포인트 적립하기

포인트 번호

K716-E3D6-B444-L7GT

래빗 포인트란?

NE능률 세토 시리즈 교재 구매 시 혜택을 드리는 포인트 제도입니다. 1권 당 1P가 적립되며, 5P 적립마다 경품으로 교환 가능합니다. (시리즈 3종 포함 시 추가 경품 증정)

포인트 적립 방법

1 세토 시리즈 교재 구입
2 래빗 포인트 적립 페이지 접속 (QR코드 스캔)
3 NE능률 통합회원 로그인
4 포인트 번호 16자리 입력

포인트 적립 교재

- 세 마리 토끼 잡는 독서 논술
- 세 마리 토끼 잡는 초등 독해
- 세 마리 토끼 잡는 급수 한자
- 세 마리 토끼 잡는 초등 어휘
- 세 마리 토끼 잡는 역사 탐험
- 세 마리 토끼 잡는 초등 한국사

★ 포인트 유의사항 ★

- 이름, 단계가 같은 교재의 래빗 포인트는 1회만 적립 가능하며, 포인트 유효기간은 적립일로부터 1년입니다.
- 부당한 방법으로 래빗 포인트를 적립한 경우 해당 포인트의 적립을 철회하고 서비스 이용을 제한할 수 있습니다.
- 래빗 포인트에 관한 자세한 사항은 래빗 포인트 적립 페이지 맨 하단을 참고해주세요.

NE 능률

★ 하루 학습량(3장)이 끝나는 쪽에 다음 붙임 딱지를 ❶~❸과 같은 방법으로 붙이세요.

1주 1일 학습 끝!	1주 2일 학습 끝!	1주 3일 학습 끝!	1주 4일 학습 끝!	1주 5일 학습 끝!
2주 1일 학습 끝!	2주 2일 학습 끝!	2주 3일 학습 끝!	2주 4일 학습 끝!	2주 5일 학습 끝!
3주 1일 학습 끝!	3주 2일 학습 끝!	3주 3일 학습 끝!	3주 4일 학습 끝!	3주 5일 학습 끝!
4주 1일 학습 끝!	4주 2일 학습 끝!	4주 3일 학습 끝!	4주 4일 학습 끝!	4주 5일 학습 끝!

❶ 붙임 딱지의 왼쪽 끝을 책의 붙임 딱지 붙이는 자리에 잘 맞추어 붙이세요.
❷ 붙이고 남은 부분은 점선을 따라 접어 뒤로 붙이세요.
❸ 붙임 딱지를 붙인 모습이에요.

★ 해당 쪽에 붙임 딱지를 붙이세요.

P5 1주·13

낮

밤

P5 1주·19

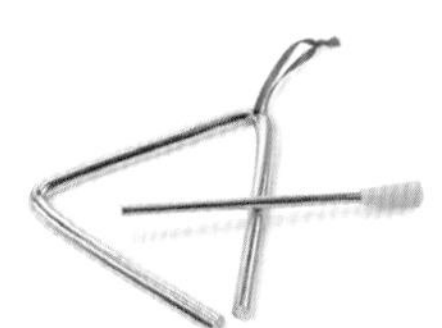
트라이앵글

상자

공

P5 1주·25

새

스케치북

P5 4주·109

장난감 치우기

그림 그리기

P5 3주·100

일개미 일개미 일개미 일개미 수개미 여왕개미 병정개미